八咫烏《やたがらす》の罠

——剣客大名 柳生俊平《としひら》19

八《や》咫烏《たがらす》の罠――剣客大名 柳生俊平19・主な登場人物

柳生俊平《やぎゅうとしひら》……柳生藩第六代藩主。将軍家剣術指南役にして吉宗の影目付を務める。

伊茶《いさ》……浅見道場の鬼小町と綽名された剣の遣い手。想いが叶い俊平の側室となる。

梶本惣右《かじもとそう》衛《え》門《もん》……服部半蔵の血を引き、小柄《こづか》打ちを得意とする越後高田藩以来の俊平の用人。

森脇慎吾《もりわきしんご》……柳生藩小姓頭から用人見習いとなった俊平の信任が厚い若き藩士。

玄蔵《げんぞう》……遠耳《とおみみ》の玄蔵と呼ばれる幕府御庭番。吉宗の命《めい》により俊平を助ける。

さなえ……御庭番十七家の中川弥五郎左衛門配下だった紅一点。玄蔵と所帯を持つ。

市川団十郎《いちかわだんじゅうろう》……大御所こと二代目市川団十郎。江戸中で人気沸騰の中村座の座頭《ざがしら》。

大岡忠相《おおおかただすけ》……南町奉行より寺社奉行に転じ、俊平とともに悪を糺《ただ》す。

笠原弥九郎《かさはらやくろう》……べコ殿と俊平が渾名する南町同心から寺社方となった大岡の腹心。

彦四郎《ひこしろう》……幼い頃より八咫烏として育つも、その所業に疑問をもち組織を離れた男。

白川影彦《しらかわかげひこ》……年老いた従兄弟《いとこ》、太蔵に代わり熱田神宮の実権を握った男。

奥伝兵衛《おくでんべえ》……若き俊平に新陰流を伝えた尾張柳生の剣の師。

竹内式部《たけのうちしきぶ》……朝廷方が武家に対抗するための理論武装の中心人物となった神道学者。

徳大寺公城《とくだいじきんむら》……竹内式部の一番弟子にして、反幕府派の若手公家の中心人物。

土岐丹後守頼稔《ときたんごのかみよりとし》……典礼を差し止めるなど、事あるごとに朝廷を圧迫する京都所司代。

第一章　天子様の護《まも》り人

一

軽くいっぱいひっかけて、藩邸にもどる夜道をひたひたと歩く柳生俊平《やぎゅうとしひら》の前方に、反対側から三人の男の影が近づいてきた。

新橋《しんばし》は、新興の花街であった。人通りは多い。

手にぶら提灯《ちょうちん》を下げ、仕事道具らしい長い物を握りしめ、さらに道具箱を肩に乗せている。

その姿があまりにうちひしがれているので、俊平はどうしたことかと立ち止まり、目を凝《こ》らして三人をうかがった。

見れば、抱えているのはいずれも火消し道具らしい。

「なんだ。健太《けんた》、捨吉《すてきち》、源八《げんぱち》の三人ではないか」

「あっ、これは柳生様――」

口々にそう答えた〈を組〉の町火消し三人は、口数少なげにうつむいた。

俊平ともよく一緒に飲む連中である。

「どうしたんだ、ずいぶん不景気な顔をしておるな。この辺りで一杯ひっかけてきたのではないのか」

「いいえ、じつは今夜も見逃しちまいやしてね――」

捨吉が嘆いた。

「なにを、見逃したというのだ?」

「奴らを見張っていたんで」

源八が言う。

「だから、奴らとは誰のことだ?」

「火付けの大悪党どもでさあ」

捨吉が、吐き捨てるように答えた。

このところ、江戸の町で不審火が後を絶たないとは、俊平もたびたび耳にしていた。

「火付けどもの足があまりに速いんで、火付盗賊改《ひつけとうぞくあらため》の旦那方でもどうにも手が出ねえそうなんですよ」

　捨吉が悔《くや》しそうに拳《こぶし》を握りしめて言う。

「だからおれたちで、奴らが火を付けようとしているところを待ち構えて、その場で引っ捕らえ、奉行所に突き出してやろうと思いやしてね」

　源八が、捨吉の言葉を補って言う。

「威勢《いせい》がよいな。だが、お前たちだけで、火付けどもを捕らえることなどできるのか」

「正直、無理なようで。そもそもあいつら、えらく動きが速いんで、影が見えたと思ったら、火を付けてすぐにどっかへ行っちまうんです。しかも、人数もかなり多そうで」

　健太が答えると、

「おぬしたちは江戸の護《まも》り人ではなかったのか」

　俊平が苦笑いして言った。

「それでも、おれたちがいることで、奴らも長居はできねえのか、これまであまり大火にはなってねえんで」

　捨吉が胸を張って言う。

「そうか、それならそれでお手柄《てがら》だな」

俊平が、三人に歩み寄り、腕を取って励ました。

「しかし妙な連中で。神社の近くばかり狙うんですが、社殿に火をかけるわけではなく、周りの家に松明《たいまつ》を投げ込むんで」

「ほう、狙いは神社の周りの家々か。ちと、納得がいかぬな」

「今月だけで、もう七軒も火を付けられて、おれたち火消しは困っていまさあ」

源八が嘆いた。

「神社のあるところなんで、おれたちも奴らが火を付けそうなところはだんだん見当がついてきたんですがね」

「神社など、江戸には無数にあろう」

「それが、熊野《くまの》神社ばかりなんで」

「熊野神社か」

俊平が首を傾《かし》げた。

「まったく、最後には弄《もてあそ》ばれているような気になってきやす。でも、江戸の町を護ることが、おれたち町火消しの仕事です。命のひとつやふたつ、いつでもくれてやる覚悟でやっておりやす」

捨吉が、啖呵《たんか》を切るように言う。

「しかし、危ないの。たった三人で火付けどもに挑んでいるのか。その火付けども、そなたらに襲いかかってはこぬのか」

三人の身を案じて、俊平が源八に訊《たず》ねた。

「いいえ。野郎ども、すぐに逃げていくので、こちらが襲われることはまずありませんや」

「なら良いが、無茶はするな。手練《てだれ》の火付けであろう。深追いすれば、容赦《ようしゃ》なく返り討ちにあうかもしれぬぞ」

俊平はそこまで言ってから、目的を達するや町火消しに反撃せず、すぐ撤収《てっしゅう》する火付けもめずらしいと思った。

単なる荒くれ者や愉快犯《ゆかいはん》の類《たぐい》ではないのかもしれない。

聞けばしっかり訓練を受けた組織犯らしく、よほど自分たちの正体を知らせたくない者らなのかもしれないと俊平は推察《すいさつ》した。

「火付けどもは、何人くらいいるのだ――」

俊平が、捨吉に訊ねた。

「なんだか、日に日に増えているようにも見えやすが、まあざっと十人ほどになりましょうか。ただ、なにせ暗い夜でございやすから正確な数はどうも」

捨吉が答えた。

「それと、あの連中、あっしらのように、ずいぶん高い所に慣れた動きをしていやす」

「だとすると、そ奴ら、やはりただの荒くれ者や愉快犯の類《たぐい》ではないやもしれぬな」

俊平が、半《なか》ば確信して言った。

「もう、戦国の世の忍びの者みたいでしたよ。こう体を沈め、むささびのように飛んだりもしまさあ」

源八が、火付けたちの真似をしながら恐ろしげに語った。

「それで、狙《ねら》いを定めて、火のついた松明を隣家に投げ込むと、嘲《あざけ》るようになにか言って、ずらかっていきます」

捨吉が言い添える。

「その時、そなたらの他には、いつも誰も辺りにおらぬのか」

俊平が言うと、三人はしばらく顔を見合わせ回想しながら、

「そういえばこの前は、火付けとは別の人影を見た気がします」

健太が答えた。

「そうか。他にも何者かがいたのだな」

「はっきりしてはおりやせんでしたが、そう見えやした。そいつはあまり動きまわらず、全体を眺めているようで」

「ふうむ――」

俊平は、腕を組んで考え込んだ。

「考えてみれば、連中の見張りか、あるいは頭目《とうもく》なのかもしれやせん」

健太がさらに言う。

「となると、その火付けども、益々もってなんらかの意図《いと》を持って動いておるのやもしれぬ。江戸の神社近くだけに火を放つ連中の目的とは、なんであろう」

「あっしらには、とんと見当もつきやせん」

捨吉が言って頬を撫でた。

「そなたら、いま少し話を詳しく聞かせてくれぬか」

「それは、ようございやすが、今晩はもう疲れ果ててしまいやしたよ」

三人が、うなだれて俊平を見返した。

火付けたちに翻弄《ほんろう》されるだけの毎日で、さすがに三人は意気消沈《いきしょうちん》しているらしい。

「ならば、まずは景気づけに一杯どうだ。今宵の酒は私が奢《おご》るぞ」

「へえ、そういうことなら――」

三人は顔を見合わせ、美味い酒にありつけると、少し明るい表情を見せた。

「これでは、座る席がないな」

俊平が繁盛する店を見まわし、渋面《じゅうめん》をつくった。

ここは、新橋きっての流行《はやり》の店といえる煮売り屋で、近頃は新たな趣向《しゅこう》を取り入れ、頻繁《ひんぱん》に料理や酒の種類を増やしている。店はみるみる大きくなってきたが、それでも近頃は客が入りきらない。

店のなかは紫煙《しえん》が広がり、人の賑《にぎ》わいで圧倒されるばかりである。

見渡せば、腕に自信のある他の組の火消し連中も飲みに来ていた。〈を組〉の三人に気付くと手を振っている。

「はて、我らはなににするか――」

ようやく通された奥の席で、俊平が三人に訊ねた。

「この店は、さすがになにを食っても安心でさあ」

捨吉が言う。

「ここは最近、鳥焼きを始めて大好評だそうですよ」

健太が誘うように俊平に言う。

「鳥焼きか、それはめずらしいの」

「鳥の肉は、まだまだ嫌う者もおりやすが、精《せい》がつくって話です。少々お高いですが」

源八がにやにやしながら言う。

「それにしよう」

俊平が笑った。

日本の鳥肉は、平安の世にすでに記録が残っているが、おもに宮中の饗応《きょうおう》料理で贅沢《ぜいたく》な一品であった。徳川の世になって、町の飲み屋で庶民が気軽に食べられるようになった。

「それでは女将《おかみ》、鳥焼きを持ってきてくれるか」

俊平が、盆を抱えて通りかかった愛嬌者《あいきょうもの》の女将お富《とみ》に声をかけた。

「さあてと、これを見てくだせえ」

捨吉が懐《ふところ》から袋を取り出し、パタパタと埃《ほこり》を払った。

「じつは二度ほど前の火付けで、奴らが落としていった代物《しろもの》で」

ぶ厚い布地に、金糸の刺繍《ししゅう》が施《ほどこ》されている。見れば、黒い鳥《からす》の絵柄が描かれていた。

「これは、火薬袋のようだな」

表裏を見返して、俊平が言った。

ツンと火薬の匂いが鼻を突く。

「どうやら、なかから火薬を取り出した時に、落としていったようなんでさあ。火薬を使って、短い間に火を大きくしていたようで」

「闇夜では、落とし物はなかなか見つからぬものだ。よく見つけたの。この黒い鳥はなんだ――?」

布袋の鳥の絵柄を指さして、俊平が訊ねた。

両翼を大きく広げた鳥は、奇妙にも三本足を生《は》やして横を向いている。その丸く大きな目玉が、俊平をきっと見据えているようだった。

「なんだか薄気味悪いでしょう、柳生様。こいつは、八咫烏《やたがらす》って言うんだそうですよ」

捨吉が言った。

「八咫烏か――」

俊平が、捨吉をじっと見つめる。

「へい。おれたちの組に、上方《かみがた》から渡ってきた流れ者の火消しがおりやしてね。京《きょう》、大坂《おおさか》の話をよくしてくれるんですが、上方じゃ、知る人ぞ知る天子《てんし》様を護《まも》る鳥なんだそうですよ」

「天子様を護る鳥だと？」

「なんでも、上方では、天子様のお世話をする影のような者たちのことを八咫烏って呼ぶんだそうで」

「といっても、お世話をするのは鳥ではなく、人だろう――？」

「もちろんでさ。しかし、実際に見た者は、誰もいないそうなんですがね」

捨吉が興味深げに言う。

「その天子様のお世話をする影のような一党と、江戸の火付けどもに、かかわりがあるとも思えぬが――」

俊平が首を傾げた。

「あっしらも、まさか天子様が火付けどもにかかわりがあるなんて、思っておりやせんでした。でも、どうも、妙なつながりがあるようで」

「おい捨吉、そのようなこと、軽々しく口にしてはならんぞ」

俊平が、辺りのようすを見渡しながら、きつく捨吉に言った。

「いえ、なにも天子様が火付けをお命じになったなんて、そんなこと言ってませんや。

ただ、さきほどの話なんですが、出火現場が決まって熊野神社の近くなんでさあ」

「そうだったな――」

「紀州《きしゆう》の熊野神社本宮は、全国津々浦々《つつうらうら》に四千以上の支社を持つと言いやす。いずれも、古来三本足の八咫烏を神社の旗印《はたじるし》にしているそうなんで」

「捨吉、詳しいな。そういえば、こんな話を聞いた覚えがある」

俊平が、記憶を辿《たど》るようにして頷《うなず》いた。

熊野神社で八咫烏の旗印が用いられるようになったのは、神武天皇東征《じんむてんのうとうせい》の故事《こじ》に基づく。日《ひ》の本《もと》を統一した神武天皇は、太陽の化身《けしん》たる八咫烏に導かれ、大和《やまと》の国橿原《かしはら》まで東征したと伝わる。

八咫烏の「八咫」とは、大きく広いという意味で、三本の足はそれぞれ天（天神地祇《てんしんちぎ》）、地（自然環境）、人を表している。つまり天・地・人は、太陽から生まれた兄弟であるという意味である。

「だが、いかに熊野神社の八咫烏が天子様とかかわりを持つといっても、それで神社近くに火を放つというのは、おかしな話ではあるまいか」

俊平が運ばれてきた鳥焼きに手を伸ばしながら言う。

「それは、そうなんですがね。たしかに、よくわかりやせんや。たぶん江戸を知らねえ連中が、まず熊野神社にするんじゃねえかと」

　捨吉が、首を傾げて口ごもった。

「では、さっき付け火のあった場所にも、熊野神社があったのか」

「へい。本所の小さな神社ですが、あそこもたしかに熊野神社でした」

　健太が言う。

　なるほど、熊野神社の近くばかり狙うのは、火付けたちにとって、いわく因縁《いんねん》があるように思えた。しかしそれ以上のことは、考えてもわからなさそうであった。

「それで、上方から来た、おれたちの組の流れ者の話なんですがね――」

　健太が、俊平の顔色をうかがいながら、言いにくそうに話を切り出す。

「その八咫烏と呼ばれている天子様の影の男たちが、朝廷をないがしろにする徳川《とくがわ》幕府のことを、快く思っていないって言うんですよ」

　健太が、言葉を選んで言った。

「いや、そんなはずはない。このところ、上様《うえさま》は朝廷にいたく気をつかっておられる。天子様が不満を持つとは思えぬ」

　俊平は、あえて強く否定してみせた。

「そうなんですかね。いや、あっしには、政《まつりごと》の難しい話はよくわかりませんが

「……」

健太も、余計なことを言ったとばかりに、首をすくめて黙ってしまった。

ただ、朝幕《ちょうばく》関係には気がかりはある。

俊平が知るかぎり、京の動静はけっして平穏なものではない。

先年まで朝廷で実権を握っていた霊元院《れいげんいん》は、晩年になって幕府との融和《ゆうわ》姿勢を見せたものの、若手公家《くげ》のなかには、彼らの影響力排除をもくろむ幕府と摂関近衛家《せっかんこのえけ》を終生忌《い》み嫌い、霊元院の没後数年たった今でも、朝廷内では反幕府の過激派が少なくなかった。

そうした反幕府の曾祖父や公家衆から影響を受けて育った桜町《さくらまち》天皇は、朝廷権威の復活と天皇親政を夢見て、内々に尾張《おわり》藩へ幕府転覆《てんぷく》の密命を下したと噂が立った。

この時は、尾張藩主《はんしゅ》徳川宗春《むねはる》と誼《よしみ》を通じる俊平の活躍により、朝廷と幕府の対立は表沙汰になることなく、事件はひとまず収束したが、朝廷内での幕府への不満が解消されたとは思えなかった。

「やはりこれは、いちど現場で奴らに対面してみたいものだ。奴ら、次はどの熊野神社に現れようか」

俊平は、組んでいた腕を組み直して言った。

「その、あっしらもお供できるんで……」

源八が、苦笑いして俊平を見返し頭を掻いた。

「付いてきてくれぬか。嫌か――」

俊平が源八の横顔を覗いた。

「そういうわけじゃありやせんが」

「いえ、柳生様がいらっしゃっては、ほんとうに、奴らと闘いになるかもしれやせん。腹を決めてかからなくっちゃ……」

俊平が火付けを見つければ、その場から追い払う程度では済まさないと思っているらしい。

「源八、さきほどの言葉とちがうではないか。江戸の町を火付けどもから護る気構えは、どこに行ってしまったのだ」

笑って源八の肩をたたけば、源八は仲間の二人を見返し、

「へい、それはまあ、そうですが……」

と、苦笑いを浮かべた。

その翌日の夜――。

俊平、俊平の用人の梶本惣右衛門《かじもとそうえもん》と〈を組〉の町火消しの三人は、三田《みた》にある飯倉《いいくら》熊野神社を訪れた。

「あっしの勘《かん》ですがね。奴らが次に狙うのは、こちらの神社じゃねえかと思うんですよ」

自信たっぷりに語る源八だが、辺りは森閑《しんかん》とした屋敷町で、その一角《いっかく》、黒々と静まり返った社《やしろ》の杜《もり》には、どこにも人の気配らしきものはない。

「おい源八、おまえの当てにならねえ勘を頼りにやってきたんだぞ。確かなんだろうな」

捨吉が、早くも不満を洩らしはじめた。

「江戸の熊野神社は何千もあるわけではねえ。まだ狙われてねえ熊野神社で目ぼしい所といやあ、そんなに多くねえもんさ」

「まあいい。もう少し待ってみよう」

俊平は、笑って惣右衛門と顔を見合わせ、月光の下に浮かぶ小さな神社の甍《いらか》を見上げた。

半刻ほど待ったが、いつになっても神社の周辺に人影はない。

冷たい夜風が、頬を痺《しび》れさせる。三人は伊達《だて》の薄着でブルンと背筋を震わせた。

「もしこの風で火が付けば、火の回りは早いであろうな……」

俊平が厳しい表情で言った。

「殿、なにやら人の蠢《うごめ》く気配がございます」

惣右衛門が、いぶかしげに社殿の屋根を見上げた。

屋根の上に、黒い影が動いたように見えたのである。

甍の脇に半月に近い月が出ている。

「どうやら、おいでなすったようで」

目を凝《こ》らせば、社殿の屋根の上にたしかに人影が見える。

源八が、にんまりと薄笑いを浮かべた。

慎重に周囲をうかがってから、いよいよ男たちが屋根の上に立ち上がった。

髷《まげ》も結《ゆ》わない山人《やもうど》のような風体《ふうてい》である。

「野郎ども、出てきやがったな」

捨吉が唸《うな》るように言って、纏《まとい》を握りしめた。

「源八、おまえの勘が当たったようだ」

物陰に身を潜《ひそ》めて俊平が言う。

先頭に立った三人は、枯れ草色の忍び装束《しょうぞく》で、腰に短めの二刀を落としている。

一人は、持参した龕灯《がんどう》の蠟燭《ろうそく》に火をくれた。

その火をさらに三本の松明へ移すと、松明が煌々《こうこう》と夜の闇を照らしだした。

男たちは、たがいに目を見合わせ、屋根の上で三方に散った。

「待て、待ていッ」

点火した松明を隣家へ投げ込もうと身構えた山人ふうの男たちに、俊平が大声を放った。

闇のなか、突然響きわたった声に、賊が一瞬立ちすくんだ。

「ここだよ、八咫烏どの――」

俊平が、鎌《かま》を掛けるように言った。

「う、うぬらは――」

闇をうかがい、俊平ら五人の姿を見とどけた忍び装束の男が、前かがみになって闇を透かし見た。

「おれたちは、江戸の町火消しだ。この町を護る者だ。町衆の味方だよ」

捨吉が、腕まくりをして凄む。

「また、おまえたちか」

「おまえら火付け一味は、盗賊にも劣らぬ大悪党だ。大江戸の町火消しの誇りにかけて、ぜったい許さねえぜ」

　源八が吠《う》えるように叫んだ。

「失せろ、失せろ」

　忍び装束の一人が、せせら笑うように言ってから、

「だが、おまえたちの横に立つ男は、侍のようだな」

　と、俊平と惣右衛門をうかがった。

「なに、この男たちの飲み仲間よ」

　俊平が、笑って応じた。

「だが、なぜ我らを八咫烏と知っておる」

「おまえたちが落としていった火薬袋に、三本足の烏が描かれていたからだよ。京では有名な天子様の影というらしいな」

「ちっ、ぬかったな！」

　忍び装束の一人が舌打ちし、後ろの男たちを振り返った。

　仲間の男が頭を下げる。

「おまえたちは、まこと天子様にお仕えする八咫烏の一味なのか。天子様の守護者が、なにゆえ江戸へ出て来て庶民を苦しめる」

俊平が言い放った。

「これは、将軍への天罰だ。だが、そこまでのことを知るおぬしは、ただの酔狂者《すいきょうもの》ではないいな」

「いや、ただの遊び人だよ」

俊平が、笑みを浮かべて言った。

「されば、もはや隠すこともない。教えてやろう。公家衆は将軍吉宗《よしむね》のたび重なる圧政に耐えかねて、天子様のために反撃の狼煙《のろし》を上げているのだ。侍どもの町を灰塵《かいじん》に帰してな」

「上様の圧政か。だが、仮に上様の政《まつりごと》に問題があるとしても、なぜ町衆を巻き添えにする。天子様は、日の本に住まうすべての民を、慈《いつく》しんでおられると聞いておったが」

「いや、江戸はあくまで武家の町だ。われらにとって敵の本拠地だ。やがて天下を二《に》分《ぶん》する戦《いくさ》に発展させるつもり。火を付けて戦端《せんたん》を開くは、古来より常套《じょうとう》手段であろう」

忍び装束の男が、いきり立つように言う。

「ほう、これは戦なのか――」

「我らは、もとよりその覚悟」

別の男が、思いつめたように言う。

「さような無法、明るみになればただでは済まされぬぞ。もしまかりまちがって、江戸の町が火の海になったとあれば、上様も朝廷をそのままにしてはおかぬ」

「ふっ、将軍などしょせんは征夷大将軍《せいいたいしょうぐん》。天子様の臣下《しんか》にすぎぬ。それに、われらが八咫烏だという証拠が火薬袋の他にあるのか。いざ取り調べとなれば、単なる火付けとして言いのがれるまでだ」

忍び装束の一人が、不敵な笑みを浮かべて言う。

「よかろう。ならば、おれたちの手で付け火の下手人《げしゅにん》としてうぬらを捕らえ、奉行所に突き出してやる。そこで待っておれ」

俊平が火消しの男たちに目配せをすると、町火消しの三人が、急ぎ用意した梯子《はしご》を社殿に掛けていく。

「寄るな、町火消しめ――！」

迎え撃つかと見せかけて、忍び装束の男は仲間たちに、松明の火を揉み消すよう命じた。

遠く人の声がする。

数人の酔客《すいきやく》が、千鳥足でこちらに向かってくる。

「今宵はこれまでだ。いずれ江戸じゅうを炎の海としてくれよう。待っておれ」

先頭の一人が、甍の向こう側にむささびのように飛んだ。それを追って、山人ふうの男たちが、舞うような仕種《しぐさ》で屋根を降下している。

八咫烏の消えた社殿の甍に、闇がもどっていた。

「殿、あ奴らを追わなくてよろしかったのですか」

社殿近くまで賊を追っていった惣右衛門が、もどってきて俊平に声をかけた。

「無理だよ、惣右衛門。この闇だ。それに奴らはすこぶる足が速い」

俊平が、逸《はや》る惣右衛門を押し止めた。

「それにしても、不届き千万な奴らだ。無辜《むこ》の民に向け、火を放つとはな」

吐息《といき》とともに、俊平が言った。

「まことにもって」

「だが、これはただの付け火とは言えぬな。一歩まちがえれば、天下の大乱《たいらん》にもなりかねぬ大事だ。上様に早く報告せねばならぬ」

俊平は惣右衛門にそう言うと、一味が忽然《こつぜん》と消えた社殿の高い屋根を、忌《い》ま忌ましげに睨《にら》むのであった。

二

「ほう、八咫烏か――」

八代将軍徳川吉宗は、もうすっかり慣れ親しんだ剣術指南役《しなんやく》の柳生俊平を御座の間に招き入れ、不審そうにその顔をうかがった。

このところ、またさらに将棋の腕を上げた吉宗は、剣術修行でひと汗かいた後に、俊平と将棋の対局をするのを楽しみにしている。

久松松平家《ひさまつまつだいらけ》出身の俊平とは、家門が同じ気やすさもあって、吉宗と俊平の間柄はすこぶる円満である。

「久しく、八咫烏は天子様の護り人と言い継がれてまいったそうにございます」

俊平はそう言って、吉宗に軽く会釈《えしゃく》した。

「私も初めは耳を疑いましたが、実際にこの者たちが、飯倉にて火付けを企《たくら》んでいるところを目撃いたしました」

俊平が眉を顰《ひそ》めて言う。

「その者らがそう名乗ったのなら、その火付けども、八咫烏にまちがいないであろう。

だが、いったいなぜ天子様は、そのような荒くれ者どもを放置しておられるのだろうか」

吉宗が、怪訝《けげん》そうな顔をして俊平に訊ねた。

悩ましい難題が、降りかかってきたと警戒している。

「天子様の表の警護は、京都所司代《きょうとしょしだい》など武家が担っております。それに対して八咫烏は、天子様の御側に控え、風呂番のような雑事も務めるそうにございます。天子様が身罷《みまか》りし折は、葬儀まで執り行うとか」

「それだけ天子様に近い者らというわけじゃな」

「さようにございます」

「とはいえ、忍び風情《ふぜい》の者たちを、天子様の御側に近づけて、よいものであろうか」

吉宗が、ふたたび怪訝そうに訊ねると、

「それゆえ、けっして表には出て来ぬのでございましょう。あくまで、天子様の影に徹した者たちにございますれば」

俊平が、平伏して吉宗に答えると、

「たしかに、余《よ》も表向きの命《めい》とは別に、そちに影目付の任務を託しておるからの。天子様にも、そのような者たちが必要なのかもしれぬ。じゃが、二十歳にもならぬ天子様に、そのような密偵集団がついておったとは初耳じゃ」

　吉宗は、怪訝そうな顔はそのまま残しながらも、話はあらかたわかってきたと、得心してうなずいた。

「天子様のご意志がどのようなところにあるかはわかった。一部の跳ね返り者の仕業《しわざ》であろうが、天子様が幕府に不満を抱いておられるのはおおよそ察しがつく」

「はい。天子様がお若いからこそ、その者たちに動かされぬか心配でございます。天子様がそこまで幕府を恨《うら》んでおられるとは、とても思えませぬ」

　俊平が、真剣なまなざしで吉宗に言った。

「先年の空蟬丸《うつせみまる》の騒動の後、余はできる限り天子様のご機嫌を損《そこ》なわぬよう、腐心《ふしん》してまいった。天子様が余を恨んでいるとは、信じがたい」

　先年の尾張藩を巻き込んだ騒動で、吉宗は桜町天皇の異母弟空蟬丸から銃弾を向けられている。それでもその後吉宗は、関白一条兼香《かんぱくいちじょうかねよし》の要請を受け入れつつ、朝廷と幕府の融和に努めてきた。

「上様のご苦労は、それがしも存じております。ただ、公家衆にはまだまだ幕府に不信を抱く輩《やから》が多く、そうした公家衆と八咫烏が結びつけば、先年のような事件が再発せぬとも限りませぬ」

俊平は、かつて遭遇《そうぐう》した公家侍の西園寺公晃《さいおんじきんあき》、そして尾張白虎党《びゃっことう》の者たちの不敵なまなざしを、思い出しながら言った。

「あの折は、そちも旧友の尾張藩士を斬らねばならなかったからの。あのような騒動、二度と起こしたくはない」

吉宗がしみじみと言う。

「はい。あの折も問題となりましたが、幕閣のなかに、上様の御心に反し、朝廷への締め付けを強化する動きはござりませぬか」

「うむ、それは余も考えた。そち、大岡《おおおか》あたりからなにか聞いているのか――」

「幕閣の一部には朝廷の力を弱める方針があるやにうかがいました」

「厳しく咎《とが》めねばならぬな」

「これは、あくまでそれがしの推量にございますが」

「ふむ――」

吉宗は目を細めてなにやら考えるようすであったが、やがて膝をたたいて納得し、

「そこまで考えても詮《せん》ないことよ」

そう言うと、小姓《こしょう》に将棋盤を取りにいかせた。

「ともあれ、そち、いちど大岡と話し合《お》うてみてくれぬか。あの男なら、朝廷や老中

どものことも、なにか良い知恵を持っているかもしれぬ」

吉宗は、そう言って俊平を見返し、

「将棋どころの話ではなくなったが、それでも、これだけはやめられぬ」

じゃらじゃらと駒を取り出し、盤の上に並べはじめた。

「また強くなられましたそうでございますな、上様」

俊平は笑った。

このところ、また将棋御三家の伊藤《いとう》家から直々《じきじき》に指南を受け、吉宗の指し筋は日に日に鋭くなっている。

以前は俊平が吉宗を圧倒することが多かったが、このところは、ほぼ互角の戦いがつづいている。今日の対局も、両者相譲《あい》らぬ一進一退のまま、中盤戦に差し掛かった。

「それでは、これより帝に書状をしたためるとしよう。それを、そちが京まで届けてくれぬか」

ふと駒の手を休めた吉宗が唐突《とうとつ》に俊平に告げた。

「この私が、でございますか……」

俊平が、その言葉に驚いて吉宗を見返した。

「幸い大火には至っておらぬとはいえ、もし江戸の町が焼け野原になれば、只事《ただごと》では済まされぬ。かといって、余が表立ってそ奴らの罪を問えば、事はかえって大きくなろう。ここはそちの手で、穏便《おんびん》に収めてほしい」

「どのように」

「帝に拝謁して八咫烏どもを抑えていただくよう、余が願っていると伝えてほしいのじゃ。余も朝廷には多くのことを許すつもりじゃ」

「多くのこと――」

「京都所司代は、朝廷の数々の典礼《てんれい》を差し止めた。それを元に戻そう。そのことを桜町帝に内々に告げてほしい。きっとお喜びになろう」

「それはまちがいございますまい。ただそれほどの大任、それがしにはちと荷が重すぎまする」

俊平が、困った顔をつくって言った。

「なに、まずは余の意志を伝えてくれればよい。正式な手続きには時がかかろう。八咫烏のことは驚かれよう」

「されど、それがしごとき一万石大名に、天子様がお会いくださりましょうか」

「余の使者だ、追い返されることはあるまい」

吉宗が笑った。

「しかし、どうやって天子様に書状の持参を伝えまするか……」

俊平がふたたび渋面をつくって、疑問を率直に述べた。

「そこは、所司代なり幕府に理解ある公家衆なりから、取り継いでもらうよりない」

「そこが問題、容易《たやす》くはいきますまい……」

「余から所司代に書状を書いておこう。俊平、そちはいつも無理と申しながら、重い任務をこなしてきてくれた。こたびも、きっと成し遂げてくれよう」

「はて、それは……」

俊平が、苦笑いをして吉宗を見返した。

俊平も、いまさら否とは言えなかった。それに、これは主命《しゅめい》である。

吉宗は、俊平にうまく事を託せたと、もう安心しきった表情である。

「やれるところまではやってみますが、そのあとは、上様のご賢策《けんさく》を待つばかりにございます」

「うむ、よくぞ申した。なに、桜町帝はご聡明《そうめい》なお方じゃ。余の書状を読み、そちの話を聞いてくだされば、状況はすぐご理解いただけよう。朝幕は融和しておらねばならぬ。われらも、天子様のお力になれることは、今後も力を貸していくつもりじゃ」

吉宗が、前のめりに身を乗り出して俊平に言った。

「されば、この俊平、上様の書状を携《たずさ》えて上洛《じょうらく》いたしましょう。上様の誠意が天子様に通じ、八咫烏どもの火付けがやむことを願っております」

俊平がふたたび平伏して言えば、吉宗はうむと満足気に頷き、また盤面に真剣なまなざしを落とした。

三

「柳生先生、例の八咫烏の話、聞きましたよ」

大御所市川団十郎《いちかわだんじゅうろう》が、ぬっとその大顔を俊平に向けて話しかけてきた。

吉宗から書状を託され、将棋対局で辛勝《しんしょう》を収めたその翌日、ぶらりと出掛けた中村座《なかむらざ》の芝居小屋で、俊平が茶花鼓《ちゃかぽん》や三味線を教える団十郎一座の若手役者たちと談笑していたところである。

このところ江戸では、団十郎人気が復活し、あちこちのご贔屓筋《ひいきすじ》から座敷へ呼ばれて、大御所の席は温まる暇もないと若手役者たちが噂していたところで、久しぶりの対面である。

「ご贔屓筋から、聞いた話なんですがね。ここ最近、江戸でつづいている付け火は、天子様お抱えの密偵集団が下手人というじゃありませんか」

団十郎が、怒りを含んだ口調で俊平に言った。

どうやら、八咫烏の噂は、少しずつ江戸の市中に広まってきているらしい。

「その話、そんなに広がっているのか。それは、ちと困ったな」

俊平困惑した顔をつくると、

「冗談じゃありませんぜ。なんで天子様の密偵が、江戸で火付けをして回らなきゃならねえんで」

団十郎がふたたび怒り口調で言うと、付き人の達吉《たつきち》が、怒りの収まらない団十郎のために、顔色をうかがいながら座布団を用意してきた。

「私も驚いているところなのだ。とはいえ大御所、火付けはまだ小火《ぼや》程度でおさまっているんだよ」

「そりゃ、町火消しが頑張ってくれているんでしょうよ。でも、火付けと盗賊は大罪《たいざい》じゃありやせんか。いくら天子様でも、許されやしませんぜ」

「それは、そのとおりだ。しかし、天子様が直々に命《めい》を下されているとは、とても思えないんだがね」

俊平は頷きながらも、大御所を宥めるように言った。

「あっしら芝居の者は、ずいぶん上様にいじめられてきました。贅沢《ぜいたく》はご法度《はっと》、芝居小屋も三階までにしろ、夜の興行は禁止とね。なんだか、ずいぶんでございました。でも、そんな時でも、江戸っ子は、いつだって芝居小屋に足を運んでくれましたよ」

「そうだ、そうであったな」

「この団十郎、江戸っ子たちに義理がありやす。恩がありやす。江戸っ子を苦しめる連中は、たとえ天子様のご家来だろうと、この団十郎が許さねえですよ」

「そうだ、そうだ。大御所の言うとおりですよ、柳生様」

俊平が趣味で茶花鼓や三味線の稽古をつけている若手役者たちも、そう口々に訴えて、俊平へ真剣なまなざしを向ける。

「それにしても、柳生様。なんで天子様にお仕えする護り人たちが、この江戸で火付けをしてまわっているんでございましょうか」

女形《おんながた》の玉十郎《たまじゆうろう》が、率直に疑問を投げかけた。

「確かなことは、まだ調べているところなんだがね。どうも天子様というより、一部の公家衆が、上様に対してだいぶ怒っているようなのだ」

「上様にですか。でも、そんなの町衆には関係ねえじゃございやせんか。やっぱり、これはひどい話でございます」

「そうだな。では、玉十郎だったらどうする」

鼻息の荒い玉十郎に、俊平が面白そうに訊ねた。

「火盗改《かとうあらため》でも捕まえられねえとなりゃ、おれたちで、自警団を作るしかねえと思っておりますよ」

玉十郎は、若手役者たちをぐるりと見まわして、うなずき合った。

「役者のおまえたちが、町を見まわるっていうのかい」

俊平が、驚いて玉十郎と若手役者たちを見返した。相手は、相当な武術の心得がある八咫烏である。

「そうさね。大御所二代目団十郎は、江戸の護り神と言われてまさあ。その一座が江戸の町を護らねえで、いったい誰が護るんで」

八咫烏も、わざわざ団十郎一座の若手役者たちを襲うまいと俊平も考え直した。

「そうか、そうか。して、自警団ではどんなことをするのだ」

「拍子木《ひょうしぎ》を持って、火の用心の巡回を始めまさあ」

「どこの町をまわるんだね」

「まずは、この堺町界隈《さかいちょうかいわい》でさあ」

「だが、江戸は八百八町《はっぴゃくやちょう》あると言われているぜ。それじゃ、全然足りないかい」

大御所付き人の達吉が言う。

「そりゃそうだ。どうしたらいいもんか……」

玉十郎が、顎を摑んで首を傾げた。

「若い役者が、各町に散っていけばいい。それに、他の町の町火消しの衆とも連携《れんけい》してみてはどうだい」

団十郎が口を挟んだ。

「そりゃいい。町火消しのいろは四十八組と本所深川十六組に入ってもらいましょう」

「そうして、しだいに手を広げていくわけだ」

達吉が感心して言う。

「まあ、役者仕事が終わってからしかできませんので、どこまでお役に立てるかわかりませんがね」

「いやいや、その心意気だけでも立派な江戸の護り神だ」

俊平も、玉十郎たちの意気込みに感心した。町火消しや町人たちが本格的に見まわりを始めたら、八咫烏も、おいそれとは手が出しにくくなるだろう。

「うむ。とにかく江戸の町が延焼しないよう、八咫烏どもの動きを、封じていかねばなるまいな」

俊平が腕を組みなおして、頷きながら言うと、

「おめえたちが、そこまでしてくれるんなら、おれもなにかしなきゃあならねえな」

銀煙管《ぎんギセル》を取り出し、煙草《たばこ》を詰めはじめた大御所が、ぼそりと呟いた。

「なにかなさるんで、大御所」

玉十郎が問うと、

「まずは小屋のあちこちに、火の用心と、八咫烏という悪党どもが火付けをして暴れまわっていると、警告の張り紙を貼っていくのはどうだ」

「そいつは、いいや」

玉十郎が手を打った。

「なに、それだけじゃ終わらねえぜ」

「まだ、なにか」

若手役者たちが、身を乗り出して団十郎の話を聞く。

「ご贔屓筋に火事の恐ろしさを訴える。明暦《めいれき》の大火じゃ、江戸の八方が焼けちまったそうだ。死者は十万人以上も出たってね。大惨事は忘れた頃にやってくるって、触れ

てまわるよ」

明暦三年（一六五七）の大火は、江戸時代最大の大火事として知られ、江戸城天守《てんしゅ》まで焼失した。その後も江戸ではたびたび大火が起きているが、明暦の大火の記憶は、江戸の人々の間でいつまでも語り継がれている。

「大惨事の記憶を語り継ぐのも大事ですねえ、大御所。あっしらも、町の衆に積極的に話しかけていきやすよ」

玉十郎が言う。

「そうしてくれ。このはたらきかけは中村座だけじゃ、終わらせねえぜ。江戸三座の残り二つ市村座《いちむらざ》にも森田座《もりたざ》にも声をかける」

「そいつは、すげえ」

若手役者たちが喝采《かっさい》を送る。

「このぐらいのことでもしなきゃ、日頃ご贔屓いただいている江戸の町衆に、お礼はできねえよ」

「さすがだね大御所、一本も二本も筋が通ってる」

戯作者の宮崎《みやざき》翁まで近寄ってきて、にこにこしながら大御所の肩をたたいた。

（しかしな……）

俊平は、考え込んでしまった。

大御所の心意気は大いに買うが、天子様の護り人と呼ばれる八咫烏が、これ以上悪党として世評《せひょう》に上《のぼ》るのは、考えものだとも俊平には思えるのであった。

江戸の町衆の間で朝廷憎しの機運が盛り上がれば、上方と江戸の分断、朝廷と幕府の対立がいっそう進み、天下を二分する大乱にまで発展しかねなかった。

「だが、なあ……」

と、大御所団十郎に言いかけて、俊平は口をつぐんだ。

やはり、団十郎や若手役者たちを制止することはできない。江戸の町衆たちからすれば、怒るのも当然、それはそれで筋が通っているからである。

八咫烏の存在が、江戸の町衆の口の端に上りきる前に、一刻も早く京へ上り、吉宗の書状を桜町天皇へ届けなければならない。

吉宗の意向を率直に伝え、直々に天皇の口から、八咫烏や不逞《ふてい》公家衆を抑え込んでもらう必要がある。

「それでは私は京に上り、八咫烏どもの暗躍《あんやく》を抑えるため、できる限りのことをしてくるとしよう」

「そうしてくだせえ。しばらく先生の茶花鼓のご講義が聞けなくなるのは寂しいですが、江戸の町衆たちのため、ここはどうか一肌《ひとはだ》脱いでくだせえ」

団十郎がそう言うと、若手役者たちも、そろって俊平に頭を下げるのであった。

「もはや、一刻の猶予《ゆうよ》もないな――」

そう独り呟《つぶや》くと、俊平は中村座を後にした。

四

「これはこれは、柳生さま。よくお越しくださいました」

大岡忠相《ただすけ》の妻雪絵《ゆきえ》がそう言って、嬉しそうに俊平から大小の差料《さしりよう》を受け取り、客間へ案内した。

雪絵は忠相の年齢から考えて、俊平よりも年上と思われたが、いつまでも少女のような屈託のなさを見せる女《ひと》である。

大岡忠相もようやく一万石大名となり、内堀付近に屋敷を賜《たまわ》ったが、邸内に家臣の姿はほとんど見えず、まことに質素な暮らしぶりである。

しかし、そんな静まり返った客間に、意外にも先客があった。

一人は若い侍で、生真面目そうな横顔をこちらに向けている。忠相とどこか風貌《ふうぼう》が似ていなくもない。

忠相の遠縁に当たる大岡忠光《ただみつ》である。将軍吉宗の長男家重《いえしげ》の側近となって長い。家重の不明瞭な言葉を唯一人よく理解すると言われている。八百石の旗本ながら、今は従五位下出雲守《じゅごいげいずものかみ》の官位を持つ。

もう一人はその忠光の家臣のようで、長い総髪を肩まで垂らし、茶の半袖羽織を着けている。学者ふうの装いで、脇に数冊の書物を置いていた。

「おお柳生殿、ようまいられたな」

忠相は、笑顔でそう言って、

「ささ、まずはこちらに」

と、対面の席に促すと、忠光と学者ふうの男を俊平に紹介した。

俊平は、次期将軍候補の徳川家重を巡る争いで忠光とはすでに対面している。

「ちょうど、八咫烏について語り合っていたところでござる」

「それは、それは。して、こちらは」

涼し気な顔立ちの若い忠光に、俊平が訊ねた。

「それがしの家臣の龍善寺信義《りゅうぜんじのぶよし》と申す者。少し前まで、京の徳大寺《とくだいじ》家に出入りしておりました」

忠光が、俊平に龍善寺を紹介した。

「お初にお目にかかります。それがしは、龍善寺信義と申す者にございます」

実直そうな龍善寺信義が、苦い表情で言った。

「京の徳大寺家か。忠光殿も、めずらしい家臣をお持ちだな」

俊平が、少し驚いて忠光に言った。

京の公家徳大寺家はもともと藤原《ふじわら》姓であったが、平安末期に藤原実能《さねよし》が徳大寺家を興《おこ》し、三条《さんじょう》家や西園寺家の姉妹家となる。

江戸時代も朝廷中枢《ちゅうすう》の一族として活躍していた。

龍善寺信義は、徳大寺家に集まる反幕府派の公家衆と、心を一《いっ》にして論陣を張っていたが、八咫烏に江戸の町を放火させる計画を耳にするに及び、袂《たもと》を分かったのだという。

「いかに上様のご政道に不満があろうと、町に火を放つなど言語道断。ありえぬことにござる」

龍善寺が確信をもって断ずると、

「まったくそのとおりだ。されば、京の内裏《だいり》で実際に起こっていることを教えてくれぬか」

俊平が龍善寺に訊いた。

「公家衆のみならず、天子様も幕府の非礼に激しくお怒りにございます。天子様は、霊元院様のご遺志を継ぎ、大嘗祭《だいじょうさい》や新嘗祭《にいなめさい》、奉幣《ほうへい》の復活など、古来よりの朝廷儀礼の復活に心血を注いでおられますが、朝廷からの復活の再三の申し出を、幕府は無視しつづけております」

龍善寺が、憮然《ぶぜん》としたようすで言った。

「それは、天子様がお怒りになるのも、もっともであるな。しかし、だからといって、よもや天子様が八咫烏どもに火付けをお命じになっているのではあるまいな――？」

「それは、断じてございません。天子様は、ご聡明なお方であられますゆえ」

「となると、まず、急進派の公家衆を抑えねばならぬのだな」

俊平が得心して頷いた。

「しかし、幕府にも問題がございます。天子様直々の申し出に、なんの返答もせず、無視しつづけるなど、非礼にもほどがございます」

龍善寺が、ふたたび憮然として言うと、

「上様が、天子様のお申し出を無視されるとは思えぬ。おそらく所司代《しょしだい》か、ご老中か、間におる者たちのところで、話が止まっているのであろう」

大岡忠相が、深い吐息とともに述べた。

やはり俊平の予想したとおり、老中や所司代の暗躍《あんやく》もあるようだった。

貞享《じょうきょう》四年（一六八七）に東山天皇《ひがしやまてんのう》へ譲位したのちも、霊元天皇は半世紀近く朝廷内で実権を握りつづけ、仙洞御所《せんとうごしょ》から政を差配しつづけたため、「仙洞様」と呼ばれていた。

徳川秀忠《ひでただ》や家光《いえみつ》と激しく対立した後水尾天皇《ごみずのおてんのう》の第十九皇子であった霊元天皇は、天皇親政を夢見て、在位中は家綱《いえつな》、綱吉《つなよし》期の徳川幕府と渡り合い、摂関近衛家との正面対立も辞さない強硬姿勢を貫いたのであった。

その院政《いんせい》期も、幕府は近衛家と連携して、朝廷内における霊元院の影響力排除に努めたため、公家衆のなかで親幕府派と反幕府派の対立が、生まれてしまったという。

「霊元院様が亡くなられてすでに何年も経ちますが、今でも朝廷内には、事あるごとに霊元院様の御院政に口出しした幕府への不信を述べる者が根強く残っております。もちろん、霊元院様の御院政に批判的だった公家衆もおりますゆえ、実際のところ朝廷内は、親幕府と反幕府に二分されていると申したほうが、適切かもしれませぬが」

龍善寺が、詳しく説明した。

「公平に申さば、霊元院様にも、いささか強引なところはございました。ですから、幕府の対応ばかりが悪いとは申せません。しかし、霊元院様のお蔭で朝廷の役職に就けた公家衆もおりますれば、その者たちにとって、天子様と上様が融和に努め、新しい体制ができあがってしまうのは、警戒すべきことなのです」

「なるほど。幕府同様、朝廷でもいろいろと派閥争いがあるのだな。これは、龍善寺殿からでないと聞けぬ話だ」

大岡忠相が頷いて言った。

「われらとしては、そうした公家衆の攪乱《かくらん》には惑《まど》わされず、上様と天子様の信頼関係を結び付けるのが、お役目となりましょう」

大岡忠光が言った。

「忠光殿は冷静だの。大した戦略家にござる」

俊平が笑いかけると、忠光は頷き、

「それがしは、若君家重様をお護りするのがお役目にございます。江戸と上方を二分する大乱だけは、なんとしても避けねばなりませぬ」

淡々と答えた。

「しかしそれがしも、京を離れてから、しばし時が経ってしまいました。おそらく、情勢は刻一刻と変化しておりましょう」

龍善寺がそう言うと、

「うむ。お聞き及びと思うが、このたびはそれがしが京に上り、上様の書状を天子様にお届けすることとなった。反幕府の公家衆が次の一手を打つ前に、なんとか天子様にご拝謁《はいえつ》願いたいところだが……」

俊平がうつむき加減に応じた。正直なところ、未だこの大任を果たせるか、自信が持てないところである。

「そうそう、今日は京へ旅立つ柳生殿のために、ささやかながら酒と肴を用意してござるよ」

忠相がそう言って手をたたくと、四人のもとに酒膳が運ばれてきた。

「白魚《しらうお》の新鮮なものが手に入りましてな」

忠相が満足げに言う。

「白魚の最上のものは、江戸湾で獲れると言われますからな」

「ああ、江戸は素晴らしき町だ。住みやすく、食にも恵まれておる。寿司も、江戸前がいちばん美味いというぞ」

忠相がまた誇らしげに言うと、

「そんな江戸の町を、火の海にしてはなりません。八咫烏の企《たくら》みは、なんとしても阻止せねば」

　忠光が応じた。

　白魚の次は、ひらめの刺身が盛り合わせてある。

「そなた、今日はずいぶんと気前が良いの」

　忠相が、妻の雪絵に訊ねた。

「はい。ほかならぬ柳生様、忠光様がまいられておられるのですから。それに出入りの魚屋が、格別新鮮な物を持参してまいりまして」

「そうか、そうか」

　忠相が取り箸を取って、俊平の小鉢に刺身を移す。

「これは、これは。忠相殿が取り分けてくださる刺身は、また格別にござるな」

　俊平が、相好《そうごう》を崩して頬ばりはじめた。

「旨い」

　思わず唸る。

「さささ、酒じゃ、酒じゃ」

　忠相は、忠光と龍善寺にも料理を取り分けながら、

「柳生殿。こたびの大任は、これまで以上に難儀でござるの。この忠相も、できるか

ぎりのことはいたす所存。できることは、なんでも言ってくだされ」

と言うと、

「それがしも、陰ながらご支援申し上げます」

忠光も言葉を重ね、龍善寺が俊平に頭を下げた。

その日は鮮魚《さかな》を肴にしたたかに酔って、俊平が忠相の屋敷を出たのは、夜四つ（午後十時）をだいぶ過ぎてのことであった。

五

「だが、なぜ天子様は火付けをしてまで、幕府に怒りをぶつけられるのであろうか――」

菊の間詰めの弱小大名が集まって結成した一万石同盟の一人、筑後《ちくご》三池《みいけ》藩主《はんしゅ》立花《たちばな》貫《やす》長《なが》が、箸を置き、俊平に訊ねた。

このところ旅支度に多忙な毎日で、浮かれ仲間と会う機会もめっきり減っていたが、いよいよ京に旅立つ日が間近に迫ると、俊平は江戸の名残《なごり》に、二人の友を思い出し、ここ〈蓬莱屋《ほうらいや》〉へ誘ったのである。

八咫烏一党の火付け話を披露《ひろう》すると、二人は事態を重く受け止め、押し黙ってしまった。

「まあ待て、貫長。いくらなんでも、天子様が直々に火付けを命じられているとは、到底考えられんよ。どうも調べてみると、今の天子様の曾祖父にあたる霊元院様の時代から、朝廷内で派閥争いが激化し、それがこたびの火付けにかかわっているそうなのだ」

俊平が、龍善寺信義から聞いた話を二人に説明した。

「もとはと言えば幕府も、朝廷の力を押さえ込むため、〈禁中 並公家諸法度《きんちゅうならびにくげしょはっと》〉で天子様や公家衆の生活を、隅々《すみずみ》まで管理しきっている。幕府への不満が鬱積《うっせき》していたとしても、無理からぬ話ではないかと思えるのだ」

俊平が苦笑いして言うと、

「おいおい、俊平。将軍家の剣術指南役のそなたが、そのようなことを言うてもよいのか」

立花貫長が、驚いて俊平を見返した。

「なに、これは朝廷と幕府の関係を語るうえでは基本の話だ。誰に訊ねても、同じ話をするだろうさ」

俊平が悪びれずに答えると、

「所詮《しょせん》政というのは、そういうものなのかもしれぬ。いくらきれいごとを並べていようと、結局のところ、力と力のぶつかり合いだからの」

伊予《いよ》小松《こまつ》藩主の一柳頼邦《ひとつやなぎよりくに》も、納得したように言う。

「しかし、いくら力を持たない朝廷とはいえ、織田信長《おだのぶなが》公や太閤秀吉《たいこうひでよし》公も、神君家康《しんくんいえやす》公ですら、朝廷を潰《つぶ》そうとはなさらなかったのだからな」

立花貫長が言う。

「そうだ。この国では古来より、朝廷権威は絶対なのだ。だからこそ、家康公や秀忠公も、その権威を他藩が利用して幕府転覆《てんぷく》を狙わないよう、天子様や公家衆を御所の一角に閉じ込めてしまったのだ」

俊平も、一万石同盟の仲間たちの前では、忌憚《きたん》なく本音を語ることができる。

店の女たちも神妙な顔をして話を聞いているが、深刻な話の割に、みなよく箸が動いている。

「家康公、秀忠公の頃と言えば、後水尾天皇陛下が、あからさまに幕府へ抵抗の意を示されたことがあったな。秀忠公は娘和子《まさこ》さまを入内《じゅだい》させ、春日局《かすがのつぼね》様が無位無官のまま宮中へ参内するなど、朝廷は幕府からさんざんに権威を貶《おとし》められ、堪《たま》りかねた陛下が、突然譲位《じょうい》なさって抗議の意を示したという」

立花貫長が、以前どこかから聞いた話を語る。

「家康公や秀忠公は、すごいことをなさったものだな。さすがに今では考えられぬ話だが」

一柳頼邦が、貫長の話に驚きながら言い足す。

「いや、今だってわからぬぞ」

立花貫長が、険しい表情で俊平を見た。

「そうだ。上様に天子様と対立する意志がなくとも、老中たちがなにを考えておるかは、わからんからな」

俊平は、老中や所司代の出方を警戒している。

「さあ、おひとつ、柳生さま――」

やや遅れて席に着いた俊平に、芸者の梅次《うめじ》が笑顔で、薄造りの品《ひん》のよい京焼《きょうやき》の銚《ちょう》子《し》を向ける。

鷹揚《おうよう》に盃で受けた俊平が、久しぶりに顔を合わせる女たちを見まわし、微笑《ほほえ》んだ。

〈蓬莱屋〉は、やはり心が和《なご》む――。

「されば、俊平。こたびのお役目は、いつも以上に難儀なものとなろうの」

「ああ、吹けば飛ぶような一万石大名には、重すぎる荷だ」

一柳頼邦が、茶化《ちゃか》すように言う。

「だが、俊平殿は特別だろう。上様の剣術指南役にして影目付。それに実家は、徳川ご一門の久松松平家だ」

立花貫長が笑うと、

「なんの、それしきでは、したたかな公家衆や幕閣、京都所司代にどれだけ通じようか。やはり、私の手には余るよ」

俊平が、横に首を振って答えた。

「それにしても、天子様って上方では大変な人気なのでしょうね。この江戸では、上様のほうがたいそう人気でございますが」

梅次が、満足そうに三人の大名を見返した。

「そうだな、京に行けば、公方様より天子様のほうが町衆に人気があるな」

立花貫長が言うと、

「まあ。京に行けば……上様は、まるで影の薄い存在なんですか？」

染太郎《そめたろう》が、びっくりして貫長に問い直した。

「ああ、そうだな。京では、なにを置いても天子様だ」

貫長と頼邦が、顔を見合わせて頷いた。二人とも、京は参勤《さんきん》のたびに通るのでよく知っている。

「へえ。ところ変われば、なんとやらですね」

くすくすと笑いながら、音吉《おときち》が言った。

「天子様は、政を行っているわけではないが、それでも京の人々の心をしっかり捉えていらっしゃる。凄いことだよ」

俊平が言う。

「でも、あたしは江戸前が好き。京はしないなしなと、なにかと頼りない」

「あっちの食べ物もそう。味付けだってお品《ひん》はいいけど、なんだか薄味で頼りないったらありゃしない」

染太郎が、きっぱりと言った。

「男意気の深川芸者《ふかがわげいしゃ》が言うのだ。それはそうであろう」

貫長が言って笑う。

「だが、いまひとつわからぬのは、なぜ今になって公家衆が、そんなに腹を立てるほど上様を憎んでいるのだ？」

一柳頼邦が、また真剣な話題に戻すと、

「ああ、さきほどの話だと、幕府の締め付けは家康公、秀忠公の頃からなのだろう――？」

立花貫長も首を傾げて言った。

「それがどうも、このところの京都所司代のやり方に、問題があるらしい」

俊平が言った。

「うむ――？」

貫長と頼邦が、顔を見合わせ首を傾げた。

「どうやら、上様の失政を望む一部の幕閣が、内々に所司代へ命《めい》を下しているそうなのだ」

近頃断片的に耳にする話から推測していることを、俊平が静かに語った。

「上様の失政を望む――？」

立花貫長が、どうもわからぬと、口を結んだ。

「どうも、上様の代替わりを願う者たちがおるようなのだ」

俊平が呟くと、

「なんともはや、愚《おろ》かな企てだ」

一柳頼邦が、呆《あき》れたように言った。

「まだ、裏が取れた話ではないのだがな。しかし京都所司代の一存《いちぞん》だけで、幕府の朝廷に対する態度を変えることなど、できぬのは確かだ」

俊平が言うと、

「それは、そうだろう。所司代の一存でそんなことをしたら、所司代はとっくに交代させられておるはずだ」

立花貫長も、唸るように応じた。

「例えば天子様は、大嘗祭、新嘗祭、奉幣などの朝廷儀式を復活させようと願っておいでで、内々に幕府へ相談していらっしゃるのだが、上様のところまで報告が上がってこないらしい」

俊平が、龍善寺信義から聞いた話をふたたび披露する。

「それはひどい話だな。つまり、所司代なり江戸の幕閣なりが、話を握り潰しているということだな」

立花貫長が憤然と言うと、

「今の天子様はお若いながら、強いご意志をお持ちとうかがったぞ。よく耐えていらっしゃるな」

一柳頼邦も、朝廷に同情するような口調で述べた。

「一事が万事、このようなことが積み重なっているという。このままでは、いかに天子様が怒りを抑えておられても、若い公家衆が過激化していってしまおう。八咫烏の付け火も止まらぬわけだよ」

俊平が困り顔で、あらためて一同に説いた。

酒がすすみ、みなの顔が紅く染まっている。

「すると、みなさまは、あらかた上様贔屓なのでございますね」

染太郎が、三人の大名たちを見まわし、また座を和ませるように言った。

「ああ、それはもちろんだ。われらは上様から領国をいただいて、暮らしておるのだからな」

立花貫長が、盃を抱えて高笑いしながら言う。

「のう、俊平。こたびのお役目は、うまくまとめられそうか」

「それは、やってみねばわからぬ。まず、八咫烏どもに火付けを命じている公家衆が、どういった面々なのか、もう少し調べてみねば」

「それはそうだな。どの程度位の高い公家衆がこの話にかかわっているかで、話はずいぶんとちがってこようからな」

立花貫長が言うと、

「まことに。朝廷中枢の公家衆が深く絡んでいるのなら、天子様の意がどうあれ、事態は容易《ようい》に解決できぬであろう」

　一柳頼邦も、心配そうに言い添えた。

「それに、もし公家衆が本気なら、いずれ外様《とざま》諸大名にも声をかけてくるやもしれぬ。そうなれば、天下大乱の恐れがあるぞ」

　立花貫長が、大きな目をぎょろりとさせた。

「付け火も困るが、日の本じゅうを巻き込んでの戦となれば、もっと恐ろしいことに発展しよう」

　一柳頼邦がまた心配そうに言えば、女たちも不安を隠せず顔を見合わせる。

「ともあれ、心配ばかりしていては前に進めぬ。成功を祈るぞ、俊平」

　立花貫長が、盃を置いて俊平の腕を取った。

「そうだよ、もはや後には退《ひ》けぬ」

　俊平がそう言って、表情を引き締めた。

「ところで、京には誰を連れていく。よければ、我らの藩からも助太刀《すけだち》を送るぞ」

　一柳頼邦が言うと、

「いや、八咫烏はなかなかに聡《さと》い連中だ。大勢で出かければ、すぐこちらの動きを悟られよう。供はできるだけ絞りたい」

「そうだな。ここは、目立たずに動いたほうがよいかもしれぬ。だが、われらにできることがあれば、いつでも言ってくれよ」

立花貫長が、俊平と頼邦の顔を見て頷いた。

「八咫烏とやら、腕達者なのであろう。よもや俊平殿なら後《おく》れをとるまいと思うが、くれぐれも気を付けてな」

一柳頼邦が俊平の腕を取って言うと、

「大丈夫さ。私も、影目付の任を受けて長い。修羅《しゅら》の道は、歩き慣れたもんだ」

俊平が苦笑いして言うと、女たちが顔を見合わせ、不安そうに俊平を見返すのであった。

第二章　修羅街道

一

「こたびは、ひどく気骨《きぼね》の折れるお役目となりそうで……」

〈蓬萊屋〉で一万石同盟の宴《うたげ》を催した翌日、柳生藩邸にひょっこり姿を現した大奥御《おおおくお》庭番《にわばん》、遠耳《とおみみ》の玄蔵《げんぞう》が、さっそく手短に挨拶の口上《こうじょう》を述べると、すぐいつもの見慣れた顔で苦笑いしてみせた。

　玄蔵が影目付の俊平の下について働くようになってから、ずいぶん歳月が流れて、今や二人は同志と言ってよい存在になっている。

「ふむ。どちらを怒らせても天下は真二つ、日の本は戦火にみまわれることになろうからの」

「まことにございます。それに八咫烏は古《いにしえ》の昔より、朝廷を護りつづけてきた影の一団と噂され、詳細はほとんどわかっておりません。手強《てごわ》い相手であることは、まちがいありやせん」

同じ影の者同士、玄蔵は八咫烏のことをよく知っているらしい。

「御庭番のそなたが言うのなら、そうなのだろうな。天子様ではなく、公家衆が、そんな者たちを操《あやつ》るとは思ってもいなかったな」

俊平は、まあ一杯やらぬかと酒器の酒を玄蔵に向けた。

「仕事中でございますので少しだけ」

苦笑いをして俊平のさしだす酒を盃で受ける。

「まったく、奴らの相手を我らだけにお命じになるとは、上様もなにをお考えなのでございましょう」

玄蔵が、ぽろりと本音を吐き出した。

「おいおい。御庭番のおぬしが、そのような愚痴《ぐち》をこぼしてよいのか」

俊平が、苦笑いして玄蔵を見返した。

「はは。あっしは仲間のうちじゃ、変わり者でございましてね。思ったことは、つい口に出てしまいます。これじゃあ、御庭番失格ですね」

玄蔵が悪びれずに言う。

「まあよい、これは、我らの間だけのことだ。上様にも、上様なりのお考えがあってのことなのであろう」

「さようでございましょうが……」

玄蔵は、苦笑いをして盃の酒を一気にあおった。

俊平が酒膳の上の煮豆を向ける。

「こたびの話は、老中や所司代が間に入って、こじれている面もある。上様としては、あまり事を荒立てず、我らだけで穏便に片づけてほしいのだろう」

俊平がそう吉宗の言葉を振り返ると、玄蔵もそういうものであろうと頷いた。

「それより、そなたはいつも手回しがよいの。私が上様から命《めい》を受けて、まだ数日しか経っておらぬというのに、もういろいろ調べてきてくれたのか」

俊平が、感謝をこめて玄蔵に目を向けた。

「はい。じっとしちゃおられませんや。八咫烏が、また動きだすやもしれませんのでね。もし火付盗賊改が連中の一人でも捕縛すれば、それを知って町人たちが騒ぎはじめます。幕府と朝廷の対立が明るみに出てからでは面倒。その前に、我らで奴らの動きを鎮《しず》めねばなりません」

「それは、私も考えていたところだ。江戸の町衆が朝廷への怒りを募《つの》らせれば、京、大坂の連中は朝廷側に付こう。上方と江戸の対立が、後には引けぬものとなってしまう」

俊平が応じた時、廊下側の明かり障子に、女の影が映っていた。妻の伊茶《いさ》が玄蔵のために、茶と茶請《う》けの菓子を用意してきたらしい。

茶請けは、今日も伊茶特製の酒蒸し饅頭である。

「まあ、玄蔵さま。さなえさまとは、ご円満にお過ごしでございますか」

玄蔵に茶と菓子を勧めながら、伊茶が笑って訊ねた。

「その、もうすっかり古女房のようで、頭が上がりませんや」

玄蔵が頭を搔いた。

愚痴のようで、けっこうのろけている。

「まあ、もう古女房でございますか」

伊茶が呆れてみせた。

「はは、それもよい。ところで伊茶。このところ、茶請けはこの饅頭ばかりだぞ。玄蔵も、そろそろ飽きてきたのではないか」

俊平が、笑いながら玄蔵の顔をうかがえば、

「いえいえ、とんでもございません。これを愉《たの》しみに、飛んでまいっておるようなもんですから」

玄蔵は、まんざら世辞《せじ》というわけでもなさそうで、さっそく饅頭にぱくついてみせた。

「それで、玄蔵」

「へい」

「こたびは目立たぬよう、ごく限られた者たちだけで、京へ向かうことにいたす。そちも、むろん出張ってくれるであろうな」

「もちろんで。本日は、そのご相談に参上いたしました」

「そうか、それは心強い。だが、よもやそち、さなえも連れていくつもりではあるまいの」

俊平が、わずかな期待を込めて訊ねた。

「いいえ、本人はお役に立ちたいと申しておりましたが、今は用心したほうがよいと、抑えましてございます」

玄蔵はそう言ってから、あっと口を閉ざした。

余計なことを口にしてしまった、とうつむいている。

「おい、おい、玄蔵。今は用心とは、どういうことだ」

「あ、いえ……」

「まあ、玄蔵さま」

伊茶が、ふとなにかに気付いて微笑みを浮かべた。

その顔を見て、

「そういうことか。いやいや、でかしたな、玄蔵」

俊平が、満面の笑みを浮かべて玄蔵を見返した。

笑みを浮かべていた伊茶が、どこか悲しげでもある。

伊茶は、自分がまだ子宝に恵まれないことが、心苦しいらしい。

俊平は相方《あいかた》の顔を見て、

「そのようなことなら、是非もない。大事を取ることだ」

あらたまった口調で言った。

「俊平さま、きっと女の仕事も出てまいりましょう。私に、ぜひ同行させてくださりませ」

伊茶が膝をにじらせ、俊平に懇願《こんがん》した。

「しかしそれでは、この小挽町《こびきちょう》の屋敷がすっかり留守になるぞ」

「いえ、藩邸には江戸家老も師範代もおります」

伊茶がきっぱりと言った。

「されど、こたびは、そなたの出る幕はあるまい」

「よろしいではございませぬか、殿」

座に加わってきていた惣右衛門が、笑いながら伊茶を擁護《ようご》するように言った。

「伊茶さまは機転の利くお方。なにかとお知恵もお借りできましょう」

もちろん惣右衛門は、伊茶の剣の腕も買っている。

「わかった。では伊茶も連れていこう。されば人選だ」

俊平は、腕を組んでふと考えてから、

「こたびは惣右衛門、小姓頭から用人見習いになった森脇慎吾《もりわきしんご》の二名のみを連れていく。あ、それに、伊茶と玄蔵も一緒であったな」

「しかし、慎吾は足手まといとはなりませぬか」

惣右衛門が、心配して言った。

「なに、あ奴は稽古熱心で近頃、腕を上げている。頼りになろう」

俊平が、少し考えてからそう言えば、

「俊平さまのおっしゃるとおりです。慎吾殿は、このところ格段に剣の腕を上げております。師範代の新垣甚九郎《にいがきじんくろう》殿からも、三本に一本は勝ちを得るほど」

伊茶が口添えした。

「それは、まことか！」

俊平が目を瞠《みは》って、伊茶を見返した。

「三本に一本は、ちと大袈裟《おおげさ》にございます。せいぜい、五本に一本」

惣右衛門が、笑いながら伊茶の言葉を訂正した。

「まあよい。されば、慎吾も連れていくことに問題あるまい。さて、こたびの旅の目的を確認しておこう」

俊平が、あらたまった口調で言った。

と、廊下に足音があり、ちょうど道場での稽古を終えた慎吾が、部屋に飛び込んできた。

「おお、ちょうどよいところに来たな、慎吾。軍評定《いくさ》だ」

「軍評定とは、はて、なんのことでございますか——？」

慎吾が、きょとんとした表情で俊平を見返す。

「慎吾、殿の格別のおはからいで、そなたを京に連れていってくださるそうじゃ。神《しん》妙《みょう》にお話を聞け」

　惣右衛門が威厳ある口調で言った。それを一同笑って聞き、

「京では、なんとしても天子様にお目通りを願うつもりだ」

と、俊平が言う。慎吾は、まだなんのことかよくわからないようだ。

「しかし、それは容易ではございませぬぞ」

　惣右衛門が険しい表情で言った。

「むろんのことよ。従五位下飛騨守《ひだのかみ》にすぎない一万石大名のこの私が、じかに天子様へ拝謁し、上様の書状をお渡しするなど、普通に考えればありえぬ話だ。まずは門前払いだ」

「かと言って、上様も幕府から通り一遍の人をやり、書状を渡すだけでは、天子様のお心を確かめることはできぬとお考えなのでしょう」

「これは、大変難しい任務でございますね」

　話を理解しはじめた慎吾が、眉を曇らせて言った。

「そう言ってしまえば、それまでのこと。だが上様も、長く影目付を務める私を信頼してくださっておられるのだ。おいそれと、その期待を裏切れぬ」

　俊平が苦笑いして、首を撫でた。

「それは、そうでございましょう」

伊茶が、含み笑いを浮かべた。

伊茶は漠然《ばくぜん》と、なんとかなると考えているようだった。

「策はきっとあるはずだ。それは、旅の道すがらゆっくり考えるとしよう」

伊茶の顔を見て気が落ち着いた俊平は、そう言ってみなを見まわした。

「さて、もういちど、朝廷についておさらいでございます」

惣右衛門が言う。

「まあ、待て、惣右衛門。このような困難な旅の前には、ただ額《ひたい》を寄せて難しいことばかり話していても始まらぬ。みなで美味いものでも食べ、飲んで、明るく考えようではないか。なに、大した膳の用意はいらぬ」

「わかりましてございます。酒の準備を整えてまいります」

慎吾が嬉しそうに部屋を飛び出していくと、ややあって、まず酒器と盃を用意してくる。

「膳方が、夜食の準備をしてくれるそうにございます」

「それはよいな。まことに我が儘な藩主だが、まあ、間もなく旅立ちだ。みなも許してくれよう」

俊平が言えば、四人も小さく頷く。

「玄蔵。そちたち御庭番の耳に入る今の幕府と朝廷の間は、どのようになっておる？」

「はい。表面上は穏やかですが、お互い憎しみが募っておるのではないかと」

「そうか。憎しみか……」

俊平が、やはり、と苦い顔をして呟いた。

「しかしながら、これは今に始まったことではなく、常に幕府が朝廷に圧力をかけ、要求を朝廷側に呑ませてきた歴史がございます。朝廷はそのつど、折れに折れ、例えば先代将軍家継《いえつぐ》公には、霊元天皇の皇女八十宮《やそのみや》（吉子内親王《よしこないしんのう》）さまを正室としてお迎えする話まで、幕府が一方的に決めてしまいましたが、その時も忍従したのです」

玄蔵は、夭折《ようせつ》した先代将軍の婚姻問題を、その場で詳しく語ってみせた。

「朝廷側の敗北だな」

「征夷大将軍に天皇家の皇女を送り出すのは、さぞや屈辱的でござったはず」

玄蔵が言う。

もともと、七代将軍家継は、摂関家近衛家熙《いえひろ》の娘尚子《ひさこ》との婚約が決まっていたが、尚子が家継より七つ年長であることを理由に、幕府は一方的に婚約を破談にしたうえで、尚子を中御門《なかみかど》天皇に入内させてしまったという。

その後家継は、皇女八十宮とあらためて婚約を決めたが、家継がにわかに八歳で早世したため、婚姻には至らなかった。

なお桜町天皇は、中御門天皇と尚子の間に生まれた第一皇子である。

だが、尚子はそのお産で命を落としているため、当然のことながら桜町帝に母の記憶はない。

「しかしあの話は、当時大奥で実権を握ろうと争っていた天英院《てんえいいん》さまと月光院《げっこういん》さまの派閥争いが背景にあったという。同時に朝廷内でも、霊元院様と近衛家煕様の対立があり、朝廷と幕府双方の思惑が、複雑に絡み合っていたと私は聞いた」

二十年以上前の事件になるが、俊平も以前御城で耳にした話を思い出しながら言った。

「そのようですな。正直なところ、朝廷も幕府も、どっちもどっちとは申せます。対立していると見せながら、互いに己の権力闘争に利用しておりますゆえ」

玄蔵が、呆れたような口調で言った。

「結局のところ、今回の件も朝廷と幕府を程よく仲たがいさせたうえで、八咫烏どもの急進派を煽《あお》って、うまく利益を得ようとしている連中が、いるということだろう」

「恐らく、そんなところでございましょう。その者らを突き止めるのも、こたびのわれらのお役目かと」

玄蔵が落ち着いた口調で言う。

襖が開いて、膳所《ぜんどころ》の藩士たちが酒膳を運んでくる。

「すまぬな、みな。今宵は大切な打ち合わせがあってな。腹が減っては戦ができぬ」

「なんの。わかっております。こたびも大切なお役目。藩士一同、ご成功を祈っております」

膳所奉行の大橋善太夫《おおはしぜんだゆう》が、微笑みながら言う。

二

寺社奉行所同心の笠原弥九郎《かさはらやくろう》が、小挽町にある柳生藩邸をひょっこり訪ねてきたのは、俊平らが京へ旅立つ前日の、慌ただしい最中であった。

「おお、笠原か。久しいな」

俊平が、べコと渾名する笠原はひょうきん者の寺社方役人だが、大岡忠相の連絡係のような立場でよく柳生邸を訪ねてくる。それを俊平は奥に通し、

「すまぬが明日江戸を発《た》つのでな。旅の支度に手が離せぬが、許せよ」

と、荷づくりの手を休めて声をかけた。

南町奉行所以来の大岡忠相の腹心《ふくしん》で、三枚目が売りだ。いつもぼんやりとしたようすをしているが、時折見せる鋭い眼力は、なるほど、忠相が拾い上げた同心だけのことはあると俊平は考えることがある。

旅の支度に余念のない伊茶も、

「笠原さま、お食事は――？」

と、気をつかって問いかけた。

役儀《やくぎ》柄、いつも訪問先で長居をし、食事にありついてふらふら帰っていくのが習《なら》い性《しょう》の笠原だけに、そこまで配慮しての問いかけであった。

「いえいえ、食事など、おかまい下されますな。じつは、本日は大切な用件でまいりました」

笠原が手を振って断り、真顔となった。

「ほう、そなたが大切な用件とは、めずらしいの」

俊平が、にやにやと笑って笠原を見返した。

「それは柳生様、酷《ひど》い申しようでござりますな。私が、用もなくお屋敷をお訪ねしたことなど、一度としてございませせぬ」

「そうじゃ、そうであったな。冗談とは申せ、これは失敬であった。だがそなた、先日は久しくここで飯を食いつづけ、いつ帰ったかも私は覚えておらぬぞ」

　俊平が、からかうように言うと、

「いえ、あの日は、きっちり伊茶さまにご挨拶して帰りました。柳生様は、酔ってお席を外《はず》されておられたため、ご挨拶できませんでしたが」

　笠原が、真顔になって反論する。

「されば、今日の用向きとはなんだな」

　俊平は、準備途中の荷を脇に置き、笠原の前にどかりと腰を下ろした。

「ほかならぬ、八咫烏の件でございます」

　笠原の目がめずらしく鋭い。

「そうか。八咫烏は、熊野神社周辺ばかりに現れる。それゆえ、寺社奉行が取り締まりに当たっておるのであったな」

「はい。あの連中、いつも素早く去っていきますので、いくたびも出動しながら、無駄足を踏んでおりましたが、ついにあ奴らの一人を捕まえました」

「なに、捕まえたと！」

　俊平が急な展開に驚いて、思わず身を乗り出した。

「幸い、こたびは奴らの出没前に待機しておりましたので、出遅れることなく激しい乱闘となりましたが首尾《しゅび》よく、一人捕縛《ほばく》してござります」

「それは、でかした」

俊平はそう言ってから、ふと、

「と、言いたいが、これはちと厄介《やっかい》なことになったな」

と、眉を曇らせ笠原を見返した。

「はて、それは何故にござります」

「うむ。寺社奉行が出動し、捕縛したからには、この事件は公の場に引き出され、評定所の吟味にかけられよう」

「そう、そこでございました。大岡様も、同じことをおっしゃっておられました」

笠原が、大きく頷いた。

「咎人《とがにん》が天子様の護り人であることが明らかになれば、朝廷にも累《るい》が及ばぬはずはない」

俊平が、困ったように腕を組んだ。

「そうなれば、朝廷と幕府の対立が、いっそう激化することになり、これは、けっしてよいことではござりません。退くに退けぬ争いとなり、下手《へた》をすれば、戦に発展することもあり得ましょう」

笠原が、大岡の懸念《けねん》を代弁した。

「そうだ。天下を二分して争うことにもなりかねぬ」

その真剣な表情に引き込まれるように、俊平は笠原をじっと見返した。

「それゆえ大岡様は、その咎人の処分にお困りになり、ひとまず独房に放り込んでおられます……」

つまり、今日の笠原の用件というのは、捕縛した一味の処分について、俊平と相談したいという大岡の意志を伝えに来たというわけらしい。

「それは、たしかに処分の難しい話だ。してこの件、もちろん上様のお耳には入れておろうな」

「はい、上様もお困りのごようすだそうにございます。柳生様には、くれぐれも天子様に八咫烏を抑えていただくよう、よろしく頼んでほしいと、大岡様に念を押されておられたと、うかがいました」

「ううむ、それはぜひともそうしたいが……」

「これで、私たちの旅が、さらに難しいものとなってしまいました」

伊茶が、困ったような顔をして言った。

「とすれば出発は明日ゆえ大岡殿とは会《お》うておれぬ。なるべく、賊の評定は引き延ばしておいてほしいと大岡殿に伝えておくれ。私は一刻も早く京に上り、天子様に八咫烏の動きを止めていただく」

「失礼ながら──」

「なんだ、笠原」

「柳生さまのお立場で、天子様に直接お目通りが叶いまするか」

笠原が、不安げに俊平の顔を覗き込んだ。

「こたびは、上様の書状をお預かりしている。それを拒まれることは、まずなかろうが、そこに至る前に、あれこれ公家どもの邪魔が入ろう。もし、京都所司代に託せ、などと言われたら、無事に天子様まで書状が届くかすら疑問だな」

俊平が、懸念《けねん》を率直に述べた。

「大岡様のお話では、八咫烏一味の者が捕らえられてからというもの、城中が妙にざわついているそうにございます」

「ざわついているというか？　いったい、どのような者たちが、騒ぎ立てているのだ？」

俊平が、不審そうな顔をして笠原に訊ねた。

「騒ぎの出どころは、はっきりしません。しかしなにやら、問題が大きくなることを期待して、話を吹聴《ふいちょう》してまわる不届き者たちがおるようなのです。もし京都所司代がその者らと組んでいるのであれば、柳生様と天子様を近づけぬよう、京でいろいろ邪魔を入れてくるのではございませぬか」

笠原は、あれこれ想定し、顔を曇らせた。

「それは、恐らくそうなるであろうな。だが、いずれにせよ、京に向かわねば話は進まぬ。厳しい任務であることに変わりはない」

俊平は、脇に置いた荷物を引き寄せ、ふたたび荷づくりを始めた。

「俊平さま、ご案じなされますな。物事は、なるようになるものでござります」

伊茶が、不安顔の俊平にやさしく微笑みかけた。

笠原のために茶と茶請けの菓子を運んできた慎吾が、二人を見くらべ、わずかに眉を顰《ひそ》めた。

慎吾も、その部屋の雰囲気を瞬時に感じ取ったらしい。

「それより笠原、まこと食事はよいのか」

「そのようなご配慮は無用でございます。これを頂戴いたしておりますゆえ」

笠原はそう言いながら、慎吾が持ってきた酒蒸し饅頭を、美味そうに頰張りはじめた。

と、藩邸の玄関付近に大勢の人の声がある。

聞き覚えのある声も混じっている。団十郎一座の女形玉十郎であった。それに、〈を組〉の町火消し健太、捨吉、源八の声もある。

「これは、自警団の奴らだろうな」

苦笑いをして待っていると、旧知の笠原弥九郎の案内で、四人揃って客間にどかどかと乗り込んできた。

「どうした。みな揃って、賑《にぎ》やかだな」

俊平が一同をぐるりと見まわして言った。

「柳生様、とうとう八咫烏の一羽が、捕らわれたそうじゃありませんか」

と、玉十郎が興奮気味に言い、笠原を見返した。

「ああ、寺社方に捕らえられたよ。だが、そなたら、耳が早いな」

「いいえ。もう江戸じゃ、この話で持ちきりで」

玉十郎が、懐《ふところ》から町で買った瓦版《かわらばん》を取り出してみせた。

紙面には捕り方に囲まれた山人ふうの八咫烏が描かれ、三本足の烏が大きく描かれている。

「なに――、これはまずいな――」

俊平は、伊茶と顔を見合わせた。

「まずいとは、なんのことで？」

源八が俊平に訊ねると、

「あ、いや。なんでもない」

「いえね。あっしらは、木と紙でできた、吹けば飛ぶような江戸の家々を、命懸けで護っておりますさあ」

腕を組みながら胡座《あぐら》をかき、捨吉が、笠原に向かって語りはじめた。

「その江戸の町に、火を付ける不届き者がお縄になって、一時はもう嬉しくてしかたがなかったんでさあ。ところが、お白州《しらす》はいつまで経っても開かれねえ。いったいどうなっちまったんだろうと、柳生様にお訊ねするため、あっしらはやってきたわけで」

健太も、どかりと胡座をかいて、俊平に訊ねた。

「うむ。たしかに八咫烏の一人が、捕らわれたのは、耳に入っている。だが、それ以上のことは、私も知らぬよ。寺社奉行はたしかに動いている。やがてお裁きを受けよう。他ならぬ、大岡忠相殿の管轄《かんかつ》だからな」

俊平が、そう言って笠原を見た。

笠原は、恍《とぼ》けて顔をそむけている。

「だがな、みなも聞いてくれ――」

俊平は、腕を組んで一同を見まわした。

「八咫烏どもの火付けは、天子様が、直々に命《めい》を下されたわけではないのだ。天子様を恨む筋の話ではないし、江戸の町衆の間で、天子様への敵意が広がってしまうと、それはそれで困るのだ」

俊平の説明にみなが困惑して顔を見合わせた。

「それは、そうかもしれませんがねえ。しかしお裁きが開かれないんじゃ、家を焼け出された者たちが、浮かばれませんや」

捨吉が、吐き捨てるように言った。

「八咫烏どもの火付けは、まだ大火には至っていないはずだ。町衆の家屋が焼け落ちたという話も、人が亡くなったとも聞いてはおらぬ。そのように騒ぎ立てて、話を大袈裟にして、もし朝廷と幕府の対立が深まり、天下を二分する戦にでもなってしまったら、みななんとする」

「へえ、それは……」

源八の声が、小さくなった。

四人とも顔を見合わせ、困ったようすである。

「騒ぎ立てるのは簡単だ。だが大きな戦を生まぬため、どう知恵を絞り出すべきか、御城の方々も今考えているところなのだ。みなが騒ぎすぎてしまっては、大岡殿も手の打ちようがなくなってしまおう。のう、笠原」

「まあ、そういうことでございます」

笠原が、渋々認めて頷いた。

四人とも、しばらく押し黙っていたが、

「だからって、放っておいたら、奴ら調子に乗って、逃げ延びた八咫烏がまた火付けに走るかもしれません。そんな悠長《ゆうちょう》なことも、言ってられないんじゃござんせんか、柳生先生――」

玉十郎が、じっと考え込んだ末に言った。

「それは、まあそうなのだが……」

今度は俊平が、苦しそうに頷いた。

「団十郎一座の者は、みなその意見でございます。八咫烏どもに弱気を見せちゃいけません。柳生先生からも、大岡様に掛け合ってくださいまし」

玉十郎が言う。

「おいおい。私にそんな力はないよ」

俊平は、苦笑いしながら笠原を見返した。

笠原も顔を伏せ、困惑している。

「とまれ、私は明日の朝、京に向かう。天子様に拝謁して、江戸での八咫烏の狼藉《ろうぜき》をお知らせし、ぜひにもおとめいただく。また、お裁きの結果で立腹されることのないよう、お願いするつもりだ。私にできることは、それくらいだよ」

俊平が、一同を見まわして言った。

みな、おとなしくなって話を聞いている。

「よろしくお願いしまさあ。八咫烏どもに、火付けだけはやめさせてくだせえ」

捨吉がそう言って、火消し仲間と頷き合った。

「おまえたちの願いは、しっかりこの胸に刻んでおくよ。それより、せっかく来たのだ。夕飯でも食べていってくれぬか。笠原もだ」

俊平がみなに誘いかけると、みな遠慮した顔をしながらも、相好を崩している。

「よろしいんで」

玉十郎が念を押すよう言った。

「ただし貧乏藩だ。大したものは出ぬぞ」

「なに、お大名様の飯は大名飯でございます。あっしら庶民とは、食べるものがちがうんじゃありませんかねえ」

捨吉が、遠慮ない口ぶりで言った。

伊茶が顔を伏せて笑っている。

「そんなことはない。むしろ大名の食事のほうが粗末なものさ。だから、堺町の〈大《おお》見得《みえ》〉までだって飲みにいくし、食べにいく」

「ほんとうですかい？」

捨吉が、伊茶の顔をうかがった。

伊茶は、にやにやしながら頷いた。

「上様とて同じだよ。上様は、いつも零《こぼ》しておられるよ。将軍の食事は、どうしてこうも決まりきったものばかりで、まずいのかってね」

「いくらなんでも、上様の食事がそんなことはないでしょう。でもわかりやした。あっしらがご馳走になって、確かめることといたします」

玉十郎が、笑いながら言った。

「そいつは、面白い趣向《しゅこう》だな。まあ、よろしく頼むよ」

俊平は伊茶と顔を見合わせると、また旅の支度にもどった。

伊茶は、膳所で料理の用意をするため立ち上がる。

同心笠原が、町火消したちの威勢のよさを、半ば呆れ、半ば微笑みながら眺めていた。

三

徳川家康の隠居城であった駿府《すんぷ》城は、万一倒幕の有事《ゆうじ》が起こった際、西方から迫る敵勢の東進を防ぐため、備えられた城でもあった。

それだけに、広大な城構えで、三重の掘割に囲まれ、姫路《ひめじ》城より高い天守を誇っている。

その護りの要《かなめ》も、家康が没して政治の中枢が江戸へ移転すると、しだいに城代を置くだけの城へ、役割が縮小していった。

五月半ばに江戸を発った柳生俊平、伊茶、玄蔵、惣右衛門、慎吾の五人は、五日後には、粛々と東海道《とうかいどう》を上り、この城の深い堀を渡って城中に入り、城代の板倉勝淳《いたくらかつあき》から歓待を受けることとなった。

「板倉殿は、好人物と聞いておりまする」

城の広大な白書院《しろしょいん》で待つ間、供《きょう》された濃い駿河《するが》の茶と安倍川餅《あべかわもち》を口に運びながら、惣右衛門が、おっとりとした口調で背中越しに俊平にささやいた。

「そうか、それはよいな」

扇子《せんす》を大きく使いながら、板倉を待つことしばし、現れた城代板倉勝淳は、案の定《あんじょう》おっとり顔の好人物で、五人を迎えて穏やかな笑みを絶やさなかった。

俊平が旅の目的を告げると、

「されば、みなさま方は上様の密命を帯びたご上洛でございますか――」

と、わずかに顔色を変える。

だが、俊平らの緊張感は、すぐには理解できないらしい。

「それにしても、朝廷と幕府の関係に、さような亀裂《きれつ》が生じているとは知りませなんだ。天下の大乱にだけは、せぬようにいたさねばなりませぬな」

「はい。今のところ、まだそこまでの話には発展しておりませんが、一歩まちがえれば、そのようなことも起こりえる情勢です」

俊平が丁寧に説《と》いて聞かせると、

「されば万一の折には、この城が江戸の護りの要となりますな」

板倉勝淳は表情を引き締めるが、どうもあまり現実味がない。

「朝廷が勤皇諸藩《きんのうしょはん》を糾合《きゅうごう》すれば、天下を揺るがす力となりましょう」

「さようか、さようでござろうな」

どこか他人事のように、板倉が応じる。

「泰平《たいへい》の世がつづき、この城も今や鄙《ひな》びた古城となり果て申したが、いざという時は、われら幕府旗本の誇りにかけ、戦いぬく所存《しょぞん》にござれば」

板倉が、どこか気負い込むように言う。

「お頼みいたしますぞ」

俊平が、笑いを堪《こら》えながら頭を下げると、

「されば、われら駿府の者たちも、剣術鍛錬《たんれん》を欠かさぬようにいたしましょうぞ」

板倉がさらに胸をたたいて言う。

しかしその言葉はどこか軽々しく、空虚《くうきょ》に響く。やはり、あまり実感がわかないようだった。

戦の世も今は昔、のんびりした城で、のんびり暮らす者たちにとって、争乱《そうらん》など、もはや異世界の出来事のように思えるにちがいなかった。

俊平はこの後、一宿一飯《いっしゅくいっぱん》の礼にと、城に勤める書院番の者に稽古をつけた。

板倉は俊平の剣技にいたく感激し、

「まことにかたじけのうござった。されば、ぜひ神君家康公の墓所、久能山東照宮《くのうざんとうしょうぐう》へまいられてはいかがであろう。いささか、久能山の山路はきつうござるが」

と誘う。

「しかしながら、八咫烏どもの暗躍が気になり、先を急がねばなりませぬ……」

俊平が、やんわりと断れば、

「なんの、半日程度の参詣《さんけい》にござる。それに、東照大権現《だいごんげん》様の御加護《ごかご》があれば、これからも、天下泰平はきっと守られましょう。土産話にもなりますれば、ぜひ——」

そう言われて、もはや返す言葉もなく、俊平は翌日午後に城を発し、久能山へ向かった。

山は思いのほか高く、それだけに、途中の山麓《さんろく》に立ち、南の大海原を見下ろせば、胸のすくような展望が開けていた。

俊平は道場で鍛え上げているだけになかなか健脚《けんきゃく》で、玄蔵と並んで先頭を進む。遅れて、伊茶と惣右衛門が続き、慎吾は、早くも息が上がっていた。

「よくもまあ、家康公はこのような高いところに墓所を建てられたものです」

慎吾が恨めしげに愚痴を言えば、惣右衛門が笑いながら、

「山は、高いがゆえに神聖なのだ。家康公は、そなたのために墓所を作られたわけではないぞ。文句を言うなら、一人下山すべし」

と、慎吾を窘めた。

途中からは急な石段となり、さすがに俊平も息が切れてくる。

そうこうするうちに、一行はようやく、踏み固められ、角が丸くなった山の石段をすべて登りきった。

〈阿吽《あうん》〉像のある本殿、拝殿、そしてその両者をつなぐ石の間の三つが一体となって、壮麗《そうれい》な権現造りの社殿を成している。

社殿を拝観したのち参拝し、帰路につくと、急な下り坂を反対側から上ってくる、奇妙な虚無僧《こむそう》の一行がある。

「む――」

俊平は、男たちに鋭い目を向けた。

ただの虚無僧にしては、あまりに隙《すき》のない動きであった。体幹《たいかん》の安定した歩運びから察するに、体術の心得がある者たちにちがいなかった。

がっしりした男が、重そうな麻袋《あさぶくろ》を運んでいる。

男たちは、俊平らを意識しているらしく、淡々とした歩運びながら一分《いちぶ》の隙も見せない。

その間にもすさまじい殺気《さっき》が放たれつづけていた。

とはいえ、斬りかかってくるようすはなく、ついに何事もなく俊平一行と擦れちがった。

「殿、あの者ら、何者でございましょう」

男たちが通り過ぎた後、殺気を感じ取った惣右衛門が、その後ろ姿に鋭い眼差しを向け、俊平にささやいた。

「うむ、あの殺気は只事ではない。はて、我らに殺気を抱く者と言えば――」

「あ奴ら、八咫烏に相違ありません」

慎吾が、石段を上がっていく男たちを数歩追いかけた後、憎々しげに言った。

「ここは神君家康公の墓所。火を放つには恰好《かっこう》です」

「ふむ、おまえの勘《かん》は、近頃よく当たるからの。そうかもしれぬ」

「ということは、我らは江戸から尾《つ》けられていたのでしょうか」

「あるいはそうかもしれぬ。影目付のこの私が尾けられていたとは、まったく話にならぬな」

俊平が、顎を撫でて唇を嚙んだ。

俊平は、去っていく虚無僧の一団をもう一度見返した。

「それだけ只者《ただもの》ではないということでしょう」

玄蔵が苦笑いした。

一団は、もう石段を遥《はる》か先まで上がっている。

「それにしても、あ奴ら、ずいぶんと足が速いの」

「あっしでも息が上がってしまいそうな、おそるべき健脚でございます」

玄蔵が忌《い》ま忌ましげに言った。

「社殿までもどって、奴らのようすを見とどけたほうがよろしいのでは。八咫烏だとすれば、付け火など企んでいるやもしれません」

惣右衛門が俊平に言う。

「では、まずあっしが見てまいりましょう。しばしの間、ここでお待ちを」

そう言って、玄蔵が軽い足どりのまま、上のほうに駆けて行く。

大奥御庭番だけに、さすがの健脚で、見る間に上のほうに消えていった。

やがてもどってきた玄蔵が、

「奴ら、すでにいずこかに姿を消してしまっております」

怪訝《けげん》そうに首を傾げた。

「なに、そなたの足でも追いつけなかったのか」

俊平が、驚いて玄蔵を見返した。

「まさか、そのようなことがあろうとは思えませぬが」

伊茶も驚いた。

「あるいは、我らとの対決に備えて山中に散ったか……いずれにせよ、あの者ら、只者でない。用心せよ」

「俊平さま。ここはやはり、いちど社殿までもどったほうがよいのでは」

伊茶が言うと、

「ここはもどるべきかと存じます」

惣右衛門も、俊平に引き返すよう強く勧めた。

「もし連中がまこと八咫烏であったとすれば、東照宮に火を放つことは、じゅうぶん考えられまする。ここは幕府開闢《かいびゃく》の祖、神君家康公の墓所でござりますれば、武家に恨みを抱く公家連中が、火付けを企んでいても不思議ではございません」

「されば、いちど引き返そう」

俊平はみなに目くばせをすると、下りてきた石段を足早にとって返した。

玄蔵が先頭に立ち、時折追ってくるみなを振り返る。

しばらく石段を上ったところで、杜《もり》の木々が頭上に迫るところがある。鬱蒼《うっそう》とした枝葉が茂り、辺りは暗い。

「御前《ごぜん》、気配がございます。ご用心を。これは、どうやら囲まれたようでございまする」

玄蔵が、ふと足を止め、厳しい声で言った。

気配が四方から迫っていることを、惣右衛門も感じ取ったらしい。

「ならば、受けて立つまでのこと」

そう言って、俊平が足場を固めた。

ゆっくりと抜刀し下段に落とす。

と、急勾配の山路を囲む杉林から、なにやら白いものが降下してきた。

見れば、さきほど擦れちがった虚無僧たちである。

降ってくるように見えたのは、その動きがあまりに俊敏《しゅんびん》で、目にも止まらぬ動きであったからである。

三間《さんけん》ほど先の石段にパラパラと着地するや、虚無僧らは、ほとんど反《そ》りのない直刀《ちょくとう》を抜き払い、無言のまま俊平ら一行に襲いかかった。

「気をつけよ、こ奴らは八咫烏だ。すこぶる動きが速い」

俊平は、応戦体勢をとったが、敵の飛ぶように挑みかかる撃ち込みに体が追いつかない。かろうじて、身を退《よ》けるのが精一杯であった。

伊茶、惣右衛門、慎吾も、それぞれに抜刀して応戦するが、虚無僧の剣刃《けんじん》の素早さに圧倒され、ずるずると退《さ》がっていく。

だが、しばらく斬り結ぶうちに、ようやく敵の動きに慣れてきた俊平らが、反撃に転じはじめた。

幸い山路が狭まっているため、一対一の対決である。

八咫烏も攻めあぐねている。

冴《さ》えがもどってきた俊平の剣捌きに、今度は八咫烏たちが後ずさりを始めた。

「まだ林のなかに潜んでおるやもしれぬ。油断するな！」

俊平が最後尾の八咫烏を追いながら、後方の四人に険《けわ》しい声で叫んだ。

「俊平さま、先の奴らを追ってください。ここは、私が受け持ちます」

俊平に追いついて、伊茶が剣を振るう。

「そなたも、動きに慣れてきたな」

俊平が並び立つ伊茶に言った。

「もう大丈夫です。さ、早く！」

柳生新陰流《やぎゅうしんかげりゅう》に一刀流《いっとうりゅう》を加えた独特の太刀捌きで、伊茶がつぎつぎに敵を倒していく。

虚無僧に扮した八咫烏集団は、ついに撤退しはじめた。

背中を向けて逃げていく者たちの背に、名手惣右衛門が小柄《こづか》を命中させた。

八咫烏の一人がもんどり打って前のめりに崩れ、持っていた麻袋を落とした。

「ええい、待てい！」

追いすがる俊平が、麻袋から零れ出た物を拾い上げ、火薬の匂いに目を瞠《みは》った。

焙烙玉《ほうろくだま》に龕灯《がんどう》、導火線、八咫烏の刺繍が施された小袋には、火薬らしきものがぎっしり詰まっていた。

「あ奴ら、やはり八咫烏でございましたな。拝殿《はいでん》に、火を放とうとしていたのでございましょう」

伊茶が追いついてきて俊平に言った。

「おそらく、そうであろうな」

伊茶に俊平が答えた時、

「吉宗の影目付、柳生俊平だな」

ふたたび、前方へ立ちはだかった虚無僧姿の一人が、天蓋《てんがい》を上げ、俊平を見下ろして言った。

虚無僧はいずれも天蓋をはずしている。

「現れたか。性懲《しょうこ》りもない奴らめ」

「武家の頭領家康の墓所を焼き、灰塵《かいじん》に帰すことが、冷酷無残な幕府に対するわれらの見せしめ。この家康の墓所は、必ず火炎とともに崩れさせてやる」

男が言い放つや、一党が四方に散っていった。

「殿、こ奴ら、やはり付け火を企んでございましたな」

惣右衛門が、俊平に駆け寄って言った。

男たちはそのまま石段を駆け上がり四散《しさん》していった。

「やむを得ぬ。こ奴らをすべて倒そう」

俊平が真っ直ぐに駆けていけば、八咫烏は退がる。

「うむ。このままでは、いずれ東照宮は焼け落ちてしまおう。こ奴らが東照宮を狙っていること、一刻も早く駿府城にいる板倉殿に伝え、周辺の警護を固めてもらわねばならぬ」

俊平が、険しい口調で答えた。

「はい、城兵が護っておれば、さすがに八咫烏も無茶はできぬはず。ただ、城から城兵が駆けつけてくるまでの間、私たちがここを離れてしまって、大丈夫でしょうか」

伊茶が、不安そうに俊平を見た。

「なるほど。伊茶さまの言われるとおり、去ると見せかけて、われらが下山した隙に、またもどってきて火を放つ恐れがございますな」

惣右衛門も、伊茶の懸念に同意して言った。

「そういうことになろう」

俊平はしばし考えてから、

「玄蔵。ひとまずそなたが駿府城に駆けもどり、東照宮を護るため、旗本衆や城兵を派遣するよう板倉殿に伝えてくれ。それまでの間、我らはここで神君家康公をお護りするとしよう」

「承知いたしました。されば、あっしはこれより――」

玄蔵が、刀の柄を握りしめ、足早に石段を駆け下りていく。

それを見送って俊平と伊茶、惣右衛門、慎吾の四人は固い決意を込め、刀をひと振りして、刀身を鞘《さや》に納めた。

四

東照宮の軒下《のきした》で一夜を明かした俊平ら一行は、翌早朝、駿府城から警護の兵が派遣されてきたのを見届けた後、下山して玄蔵と合流し、ふたたび東海道を上って島田《しまだ》の宿を目差した。

その日、明るい日差しのもと、朝から汗ばむような陽気となったが、昼過ぎから雨雲が目立ちはじめ、気がつけば時折小粒の雨が降りはじめた。

もし、八咫烏一党が俊平たちの動きを追っているとすれば、いずれまたどこかで襲《しゅう》撃《げき》してくることが予想され、油断はならない。

用心深く街道をうかがい、やがて島田宿に達する。

早く京までたどり着き、桜町帝に上様の書状を届けたいところだが、雨粒がしだいに大きくなってきていた。

「あいにくの雨でございますね――」

伊茶が、掌《てのひら》を天にかざし雨粒を受けた。

「これでは、大井川《おおいがわ》はとても渡れまいな」

俊平も、天を仰いでぼやく。

伊茶が、焦《あせ》りの表情を隠そうとしない俊平に、微笑みかけた。

「焦っても致し方ございますまい」

俊平が伊茶を見返し苦笑いを浮かべた。

結局、島田宿で宿を取ることになった一行は、長雨で大井川の川止めに合い、延べ三日も足止めをくらうことになってしまった。

辛抱《しんぼう》強い惣右衛門までが、

「いつまでつづく。忌ま忌ましい雨だ」

幾度となく雨雲を見上げ、舌打ちした。

「もはや焦ったところで、致し方ございませぬ。江戸の八咫烏どもも、一味の者が捕らえられている以上、すぐには動き出せぬかもしれませぬ」

玄蔵が、俊平と惣右衛門をなだめるように言った。

四日めに入り、ようやく雨がやんで、その日は朝から眩《まばゆ》いばかりの晴天となった。

宿でくすぶっていた旅人たちが、我先に川辺へ殺到し、渡し場はひどく混み合っている。

「これほどの旅人たちが、宿でくすぶっていたとはの」

俊平が、その姿を笑ってながめていると、

「これでは、容易に人足《にんそく》を確保できませぬな」

惣右衛門も困り果て窓辺に立った。五人連れともなると、それだけの連台《れんだい》を確保するのすら難しい。

「焦るまいぞ。こうなれば、多少遅れようと、さして変わりはない。残り物の連台には、福があろうというものだ」

こんどは、あれほど焦っていた俊平が、一転して苦笑いを浮かべながら、みなを元気づけた。

ようやく俊平ら五人も連台を確保し、ゆるゆると川を横断していく。

大井川はもともと大きな川で、雨が止んだばかりということもあり、その日は水嵩《みずかさ》が特に多かった。

朝からの川の横断に疲れているのだろう、人足は歩きにくそうに、よろよろと歩を進めていく。

流れのなかほどに達した時、俊平の後方で、伊茶の小さな悲鳴が聞こえた。

振り返れば、伊茶の姿がない。伊茶の乗った連台の人足が、足を滑らせたらしかった。

下流、伊茶の背が見えた。

あれよ、あれよという間に、伊茶の体が背を向けて川面を流れていく。

それも束の間で、流れに呑まれてしまったか、伊茶の姿が見えなくなってしまった。

「伊茶さまッ――!」

ようすを見ていた慎吾が、声を上げた。

伊茶の消えた連台の人足は、ただただ狼狽《ろうばい》している。

「もどれ、人足ッ!」

俊平が、連台を担ぐ人足どもに命じた。

「探すのだ。伊茶を」

「あっしが、潜って調べてみます」

一隊の最後方につづいていた玄蔵が、川に飛び込んだ。

「私もいきたいのですが、あいにく……」

慎吾が動揺する。泳げないのだ。

やがてもどってきた玄蔵が、黙って首を横に振った。濁って水嵩を増している川のどこにも、伊茶の姿は見当たらなかったらしい。

人足もつぎつぎに潜って、行方を探しまわりはじめたが、やはり伊茶の姿は見当たらなかった。

にわかには、信じられない出来事となった。

たしかに雨上がりの川は、流れが急になっており、水はひどく濁っている。

とはいえ、武術の心得ある伊茶が、人足が歩いて渡れる深さの川で、立ち上がることもできないまま、下流に押し流されるというのは、やはり信じがたいのであった。

だが、時は刻々と流れていく。

「私は、あきらめぬぞ」

俊平が、唇を震わせて言った。

「むろんでございますが……」

さすがの惣右衛門も、どうしてよいかわからず、狼狽したようすで言った。

みな、伊茶が消えてしまったという現実を、認めたくはなかった。

「きっと、どこかから現れるやもしれぬ。しばらく、待つことにいたそう」

みな、伊茶の探索で疲れきっている。

俊平が、河原の大岩に背をもたせかけて言った。

「されば、御前とみなさまは、ここでお待ちください。あっしは、周辺の家々に伊茶さまの姿を見た者がおらぬか、訊ねて回ってまいります」

玄蔵が言った。

「私とて、じっとはしておられません」

惣右衛門も、いったん河原に投げ捨てた刀を拾い、立ち上がった。

「されば、みな頼むぞ」

俊平が、玄蔵と惣右衛門を見返して言った。

慎吾が、川べりの林から、両手で抱えられるだけの枯れ木を携えもどってくると、火打ち石で火を熾《おこ》して、暖《だん》をとった。

俊平は河原に刀を立て、大岩に背を預け、黙して伊茶を待った。

難渋《なんじゆう》しているのだろう。玄蔵も惣右衛門も、なかなかもどってこない。

俊平と慎吾は、たがいに声をかける気力も起きぬまま、ひたすら伊茶の帰還を待った。

「あれは――」

ふと俊平が顔を上げれば、闇の向こうに人の姿がある。じっと、こちらを見ているようであった。

髪は総髪で、後方に束ねている。いずこかの大名に仕官している侍には、見えなかった。

小ぶりの大小を、着流しの腰に落としている。

殺気は放っていない。

男は、やがて落ち着いた足どりで、こちらにやってきた。

「おぬしは……？」

俊平が、一間《いっけん》ほどの間近に迫った男に向かって問いかけた。

男はニヤリと笑った。

「ただの流れ者よ。彦四郎《ひこしろう》と呼んでくれ」

男は川べりの岩に体を預けて、大小を岩に立てかけた。

素浪人らしいやつれたようすはなかった。

「なぜ、私をじっと見つめていた」

「さてな。おまえに同情していた」

彦四郎と名乗る男が、そう言って笑った。

「同情しているだと？」

「それはそうだ。連れが行方知れずになったのだからな」

「私の妻だ――」

俊平が、吐息《といき》とともに言った。

「それは、さぞかし辛かろうな」

俊平をうかがうように見て笑う。

「だが、おぬし、なぜ私の妻が水に呑まれたことを知っている」

不審に思った俊平が、彦四郎に訊ねた。

「おれは、初めから一部始終ずっと見ていた。あの女が、水に滑り落ちるところからな。あそこまでは、事故だったたかもしれぬ」

「なに――？」

俊平が、にわかに身を乗り出した。

「だが、そこからはちがう。水中に待機していた男たちが淩《さら》っていったのだ。あるいは、奴らが初めに人足の足を引いたのかもしれぬ」

「ありうるな――」

俊平が、怒気《どき》をはらんで言った。

「八咫烏でしょうか――！」

慎吾が小声でそう言い、俊平の顔を覗き込んだ。

「そうだ。八咫烏の連中は、江戸からずっと、おまえたちを尾けていた」

彦四郎が笑った。

「大井川を渡るところが、狙い目だと思っていたのだろうな」

「やはり……」

慎吾が、低く呻いて俊平を見返した。

「迂闊《うかつ》であったな」

彦四郎が言った。

「そうであったな」

俊平が素直に応えた。

「こ奴も、八咫烏の仲間ではございませぬか」

慎吾が、紅ら顔で刀の柄に手を掛けた。

「待て。おれはかつてたしかに八咫烏であったが、今はまことに、ただのはぐれ者よ。嘘は申しておらん」

彦四郎が、慎吾を制止して言った。

「はぐれ者か――」

俊平が苦笑いした。

「ああ。天子様を護る者たちが、天子様を窮地《きゅうち》に追いやっているのが、ばからしくなったのだ」

「それは、もっともな話だ」

俊平が、苦笑いをして彦四郎を見た。

「そもそも、吉宗に怒りをぶつけたところで、詮ない話なのだ。朝廷は、鎌倉《かまくら》幕府の成立からこの方、武家には必ずそのような処遇《しょぐう》を受けてきた。今の朝廷には、政を行う力などない。政ができぬのなら、一切合切《いっさいがっさい》、武家に任《ま》せるしかなかろう」

「ほう。八咫烏だった者にしては、ずいぶんと冷めたものの見方をするな」

俊平は、苦笑いを浮かべて彦四郎を見返した。

「冷静に、現実を言ったまでだ。皮肉でもなんでもない。いずれ、朝廷が政をつかさどる日もやって来ようが、まだまだ遠い」

冷めた口調のまま、彦四郎が言った。

「おまえは八咫烏の一党であったのに、天子様一辺倒《いっぺんとう》ではないのだな」

「いや、その思いは捨てていない。だが、八咫烏はあくまで天子様を護る役目に徹するべきだ。私も、幼き頃より天子様をお護りしてきたが、今の八咫烏は、一部の過激派が公家衆と結託《けったく》して、やりたい放題になっておる」

「やりたい放題か――」

「それゆえ、おれは連中の仲間から抜け出した。いや、人はおれがはじき出されたと言うだろうがな」

彦四郎が、自嘲《じちょう》気味に己の身の上を語ってから言った。

「おまえの妻だが、おそらく死んではおるまいよ」

「どうしてだ……？」

俊平が、ふと明るい表情になって彦四郎を見返した。

「されば、八咫烏どもはどこへ連れ去った」

「さてな」

彦四郎は、薄く笑った。

ようやく惣右衛門がもどってきて、俊平と対峙《たいじ》する不審な男に気付き、刀の柄に手を掛けた。

「惣右衛門、やめよ。この男は、伊茶が生きていることを教えてくれた」

俊平が、惣右衛門を制止して言った。

「生きていると」

惣右衛門が険しい表情のまま言った。

「偽《いつわ》りを申さば、只ではすまぬぞ」

惣右衛門がふたたび刀の柄に手を掛けた。

「おれは、おまえたちの味方ではない。だが、敵でもないよ」

彦四郎が、惣右衛門に不敵な笑みを見せて言った。

「ならば、私の妻はどこにおる」

「おそらくは――」

「おそらくは？」

俊平が、彦四郎に向けて一歩踏み出した。

「京までの道すがら、街道沿いに八咫烏の拠点《きよてん》がいくつかある」

「拠点か――」

「察しはつくか？」

「はて、つかぬな」

俊平は、真顔で彦四郎を見返した。

「この東海道で、最も朝廷に縁《ゆかり》のある場所は」

「尾張か――」

俊平は自信のないまま、当て推量で言った。

「さすがに、まだ尾張までは到着しておるまい」

「そうか。おぬしには感謝する」

俊平は立ち上がり、彦四郎に頭を下げた。

「なに、おれは今の八咫烏に、嫌気がさしているだけだよ。気まぐれで、教えてやりたくなっただけのこと」

彦四郎は、そう言って苦笑いしている。

「さらばだ――」

彦四郎は、言って四人に背を向け、闇の彼方《かなた》へゆっくりと歩いていった。

その後ろ姿は、どこか寂しげであった。

「あの者の言うこと、信じてよろしいのでございましょうか」

惣右衛門が、彦四郎の背を見つめながら、俊平に問うた。

「私の勘は信じてよいと言っております」

慎吾が彦四郎の消えた闇を睨んで言った。

「ここは、奴の言うことに賭《か》けてみるしかあるまい。はぐれ者の八咫烏の言うことにな――」

「はぐれ者、にございますか」

惣右衛門が、険しい声のまま呟いた。

「ああいう者も、なかにはいるのだろうな。私にも、嘘をついているようには見えなかった」
俊平は苦笑いを浮かべ、彦四郎の消えた闇を見返した。
彦四郎の姿は、とうに闇に消え、もうどこにもない。

第三章　草薙《くさなぎ》の長剣

一

浜松《はままつ》、岡崎《おかざき》の宿場を経て、柳生俊平一行が尾張の国熱田《あつた》に腰を落ち着けたのは、八咫烏のはぐれ者を名乗る彦四郎という男が、

――おまえの妻は、東海道で最も朝廷に縁の深い場所に捕らわれているはず。

と言い残して去ってから四日ほど後のことであった。

東海道の街道沿いで、朝廷に縁の深いところと言えば、まず熱田宿の熱田神宮の他考えられない。

遠く熱田神宮の鬱蒼とした杜を望む旅籠《はたご》〈田村次郎兵衛方《たむらじろべえかた》〉に草鞋《わらじ》を脱いだ一行は、ひと風呂浴びて旅の垢を落とすと、当地の酒〈蓬萊泉《ほうらいせん》〉と名物の味噌料理で腹を満た

せば、旅の疲れもしだいに癒されてくる。

むろん、伊茶の安否《あんぴ》が気にかからないはずもないのだが、誰も口にする者はなかった。

伊茶奪回《だっかい》のため、決死の救出活動を取らねばならないことはわかっている。が、その困難さを思えば誰の口も重くなるのであった。

宿の障子《しょうじ》を開け放ち、熱田の杜を見やれば、その社殿の数々があたかも巨城のように見えてくる。

その熱田神宮だが、これより五百年も前の平安末期、源氏《げんじ》の大軍に追い詰められた幼帝安徳天皇《ようていあんとくてんのう》とともに海に沈んだという三種の神器《じんぎ》のひとつ草薙《くさなぎ》の剣《つるぎ》をご神体《しんたい》としている。

「しかし、壇《だん》ノ浦《うら》で海の藻屑《もくず》となった神剣が、このようなところに祭られているのはいったいなぜだろう」

俊平が首を傾げると、一同も同じように怪訝な顔をしてみせた。

「海に沈んだのは偽物で、本物は難を逃れて、秘かにこの神社に持ち込まれたということか……」

俊平が冗談半分のように言えば、

「そのようなこと、あろうとも思えませぬが……」

惣右衛門も、首を傾げて苦笑いした。

「だが、いずれにしても草薙の剣は、朝廷が大切に護ってきた三種の神器なのだから、その剣をご神体とする以上は朝廷とこの神社が、並々ならぬ縁で結ばれているのはまず想像がつく」

俊平が言えば、みなもそれはそうだと頷く。

そんなわけで、同行の三人は三人なりに、伊茶がこの神宮に捕らわれていると半ば信じるようになっている。東海道にあって、京以外にこの神宮ほど朝廷に縁の深い場所は他に考えられないのだ。

「私も伊茶さまは、ここの神社にいらっしゃるのはまずまちがいないと思います」

慎吾も、妙に自信のある口ぶりで言う。

「なぜ、そのように言えるな、慎吾」

俊平が笑って問い返した。

「それは、その、なんとなくでございます」

「なんだ、それだけのことか」

惣右衛門ががっかりしたように言えば、

「しかし、近頃は私の勘はなかなかよく当たるのです」

慎吾が、口を尖《とが》らせて惣右衛門を見返した。

「こ奴め、妙に得意げじゃな」

俊平は、笑って酒を口に運ぶばかりである。

玄蔵は、

「慎吾様の勘に賭けてみるのも面白うございます」

と、言って笑いかけた。

そんなこんなで、その日は宿で旅の疲れをとり、その翌日、四人は揃って熱田神宮に歩を進めるのであった。


尾張国の東端、遠江《とおとうみ》との国境《くにざかい》に位置するこの神宮は、じつに千六百年前の創祀《そうし》というから、もはや日本最古の神社といっていい。

江戸からの参詣客も、伊勢神宮を訪ねた折には必ず訪れるというほどの人気の社で、境内はひどくごった返している。

雄大な構えの大鳥居《おおとりい》を潜《くぐ》れば、別宮《べつぐう》、摂社《せっしゃ》、末社《まっしゃ》など、古色蒼然《こしきそうぜん》たる壮大な社殿の群が、整然と並んで参拝客を魅了する。

だが、この神社が諸国に名を馳《は》せている最大の理由は、さきほども述べたようにここに皇統の正統性の証しである三種の神器のひとつ〈草薙の御剣《みつるぎ》〉があるからに他ならない。

その意味では、なんとも不可思議な神宮と言えなくもなかった。

「それにしても、本当にこの広大な敷地のどこかに伊茶さまは幽閉《ゆうへい》されておられるのでしょうか。にわかには信じられませぬが」

惣右衛門が、伸びきった胡麻塩の鬚《ひげ》を押さえて言う。

「いや、あのはぐれ者の彦四郎が言っていた。東海道で最も朝廷に縁の深い場所とは……熱田神宮にちがいあるまい」

俊平が、開け放した窓から社殿を見上げた。

「さようでございますとも。私には、伊茶さまがここに閉じ込められていると、今も強く感じられます」

慎吾が、また確信ありげに言った。

「おや、おや。また始まったな」

惣右衛門が今度はちょっと叱るように言えば、

「慎吾は、このところ神がかりだ」

俊平が茶化した。

昼食をとり、午後になって、さらに神宮に深く足を踏み入れれば、つぎつぎに前方に連らなる神殿の数々が、静けさに包まれて、どちらを見まわしても時を忘れさせる。

「それにしても、なんとも壮大な神殿の群よの」

俊平が、高い木々に囲まれた社殿の数々を、ぐるりと見まわして目を細めた。

「ここは、我が国では最古の神宮と言われております」

玄蔵もそう言って、俊平と同じく吐息を洩らす。

「されば、これより伊茶の探索だ」

俊平が、数歩後を追って歩く惣右衛門に呼びかけた。

「どのようにいたしまする」

「そなた、今日よりその武家装束を改め、慎吾とともに周辺を探策《たんさく》してみてくれぬか。昼間のうちに、伊茶がどこに捕らわれておるか見当をつけねばならぬ。これだけの人出なら参拝客に紛れることができよう」

「心得ましてございます」

惣右衛門が、慎吾と顔を見合わせて頷いた。

「不落《ふらく》の難城《なんじょう》のように思えるが、攻略法はきっとあるはずだ。これだけの広さだ。じっくりと取りかかるよりあるまい。急がば回れだ」

　みなの逸《はや》る心を宥めるために俊平はそう言ってはみたが、じっとしていられる者もおらず、その日、いったん宿にもどった惣右衛門、慎吾、玄蔵の三人は夕食を済ませると、ふたたび飛び出して夜遅くになるまでもどって来ない。

　だが、神宮内の探索は思うようには進まないらしく、それから三日の間、俊平は宿に籠もって対策を練り、三人を待った。

　伊茶の奪回に、妙策は思い浮かばない。

　それどころか、まだ神宮内のどこに捕らわれているのかさえわからないのが現状なのであった。

　もどってきた玄蔵は、境内の社殿を一棟一棟、根気強く探索をつづけていたが、どの社殿にも警備の者が張りつき、なかなか近づくことができなかったという。

　警備といっても、神官だけでなく、素性《すじょう》の知れない男たちが目についたという。

　その男たちが、神官の背後に張りつき、目立たないかたちで社殿を護っているというのである。俊平はその男たちこそ八咫烏だと睨んだ。

その日も遅くなって、今度は町中での聞き込みを終えた惣右衛門がもどってきた。

「今日で、だいぶ神宮の内情がわかってまいりましたぞ」

惣右衛門が、ちょっと得意げな口調で俊平に告げた。

「ほう、なにがわかったな」

「じつは、街道沿いの煮売り屋で、隣席となりました鳥居前の旅籠の番頭が飲んべえでございましてな。酒を振舞ってやりますと、いろいろと有益な話を洩らしてくれたのでございます」

「なかなか酔わすのが上手いの。それで、どんな話であった」

先にもどっていた玄蔵と惣右衛門につづいて帰ってきた慎吾も加わり、遅く膳に向かう惣右衛門を取り囲んだ。

「この神宮は、宮司《ぐうじ》が白川太蔵《しらかわたいぞう》という人物だそうで、温厚な人柄でこれまで神宮を無《ぶ》難《なん》にまとめてまいりましたが、ここ数年は老いて元気もなくなり、従兄弟《いとこ》に当たる白川影彦《かげひこ》という者が神宮の実権を握るようになったそうにございます。神宮内は動きが、にわかに慌ただしくなってきたようでございます」

「従兄弟の白川影彦か――」

「歳は、十《とお》ほど離れていると申します」

「されば太蔵殿は、神棚に祭り上げられてしまったわけだな」

「そのようでございます。太蔵は昔は人望《じんぼう》もあり、なかなかのやり手であったそうで、旧《ふる》いしきたりに則り堅実にこの神宮をまとめておりましたそうですが、病《やまい》をきっかけに従兄弟の影彦がこれに取って替わり、これまでの神宮の穏やかな日々がすっかり様変わりしてしまい、素性の知れぬ男たちの出入りも激しくなったと申します」

「見かけぬ男たちとは、誰であろうな……」

「神宮とは縁もゆかりもない山人ふうの者たちだそうで、一致団結して行動すると申します」

「一致団結してのう」

俊平が、苦い顔で玄蔵と頷き合った。

「とにかく、影彦なる者がこの神宮の実権を握るようになって、出入りする者ががらりと変わったと申します」

「いずれも、参詣者ではないのだな」

「はい。それから、武士の一団、商人の一団など、まとまった数の一団も、たびたび訪ねてくるようでございます。寡黙《かもく》な男どもだそうで、鳥居前の宿にみなで投宿《とうしゅく》するのだそうでございます」

「武士や商人もおるか。はて、なにか組織のようなものが動き出しておるようだの」

俊平が首を傾げた。

「みな、地味な装いながら、金は不足がないようで、宿の支払いもきっちりとしておったそうにございます」

「御前、これは八咫烏の匂いがいたしますな」

玄蔵が、俊平の横顔を見つめた。

「影彦なる人物は、八咫烏の熱心な支持者なのかもしれません」

慎吾が、興味津々といった顔でみなを見まわした。

「ふむ、そうかもしれぬ。ならば、得体の知れぬ者らが、神宮を始終うろつきまわるのもわかるような気がする」

俊平が頷いた。

「それにしても、この神宮に集まって、その者らはいったいなにをしているのでございましょうな」

惣右衛門が首を傾げた。

「御前、これは八咫烏の主導で各地で決起《けっき》する準備を始めているのかもしれませぬぞ。あるいは、当地が司令塔となっておるのやも――」

玄蔵が、唇をわずかに歪《ゆが》めて言った。

「あるいは、尾張藩の親朝廷の一派とも、連絡を取りあっておるやもしれませぬ」

慎吾も、同調して頷いた。

「尾張藩か。たしかに、それくらいのこと、あっても不思議はないの。みな、このまま探索をつづけてくれ。さらに、あれこれわかってこよう」

俊平はそう言ってみなを励ますと、また闇に包まれた神宮の杜を遠望するのであった。

二

「こちらに、柳生さまはご投宿でございましょうか」

熱田宿の宿〈田村次郎兵衛方〉の二階大部屋に、女中の背後に付いてきて襖の隙間からひょっこり顔を覗かせる女がいる。

「いかにも、私が柳生俊平だが――」

そう言って、あらためてその娘の顔を見れば、まぎれもない、今は玄蔵の妻となり、江戸の留守宅を守っているはずの密偵《みってい》さなえであった。

「どうしたのだ。そなた、江戸にいるはずではなかったか」

驚いて俊平が部屋に招き入れると、さなえは旅の疲れも見せず、俊平に礼儀正しく挨拶を始めた。

「私一人が、江戸でみなさまをお待ちしているなど、とてもできるものではございません。こたびの仕事は、朝廷が相手の困難を極めたものとうかがっております。それなら、なおのこと、お役に立ちたい一心で、駆けつけてまいりました」

「しかし、腹のやや子は、大丈夫なのか」

俊平が、不安そうにさなえをうかがった。

「なんの、休み休みの旅をつづけてまいりました。無茶などいたしておりませぬ」

さなえは、屈託のない顔で笑っている。

「だが、無理をするなよ」

俊平が、わずかに痩せたかに見えるさなえの顔を見つめた。

「それより、みなさまはご無事で――?」

旅支度一式を夫玄蔵の荷物の脇に置き、さなえがあらためて俊平に訊ねた。

「じつはな、伊茶が八咫烏に捕らわれてしまったようなのだ」

俊平が、さなえの腹の子を心配しつつ伝えた。

「その話、やはりまことでござりましたか……」

薄々知っていたらしく、さなえは険しい表情で俊平を見返した。

「江戸城内でも、半信半疑の噂となっておりました」

「はて、誰が報《しら》せたのであろう」

「夫の玄蔵と思われます」

「それにしても、話が早いの」

「上様から書状を預かっておりまする。おそらく伊茶さまの一件かと存じます」

さなえは、懐中《かいちゅう》から厳重に油紙にくるんだ書状を取り出し、俊平に手渡した。

「微力《びりょく》ながら、伊茶さまをお助けするため、私も身命《しんめい》を尽くして当たる覚悟でございます。なんでもご用命くださりませ」

書状に目を走らせる俊平に、さなえが膝を近づけて言った。

「そなたにも働いてもらいたいが、その前にゆっくり休んでくれ」

「そうは、申されましても……」

「じつはな」

俊平は、前かがみになってさなえを見て言った。

「さしたる根拠はないのだが、私は熱田神宮の社務所が怪しいと見ている。社の者が集まっているのは、あの裏の厨《くりや》であろう。玄蔵が屋根裏から忍び込み、なかを探索したそうだが、警戒が厳重でまだ伊茶の姿は見つかっておらぬ。そなたも、ゆっくり休んだ後、巫女《みこ》にでも身を変え、社務所に潜入してくれぬか」

「わかりました。衣服は巫女の一人を眠らせ、調達いたします」

屈託《くったく》のない表情で、さなえが言った。

「眠らせるか。だが、あまり手荒なことはするなよ」

俊平は、さなえを笑って見返した。

「さてと、上様からの書状だ」

ふたたび、俊平が書状に目をもどした。

「はい。大切な書状ゆえ、肌身離さず抱えてまいりました」

「これを、直々に託されたか」

俊平は油紙を解いて、吉宗の書状を開いた。

「広敷伊賀者倉地文左衛門《ひろしきいがものくらちぶんざえもん》様より、御前にお渡しするようにと託されてまいりましてございます」

「さぞや、気骨の折れることであっただろう」

「これも仕事にございますれば……」

　俊平は、さらさらと書状を読みすすんだ。

「やはり、上様は伊茶が失跡《しっせき》したことを心配しておられる。玄蔵がそのことを早速報告、それを知った上様が心配してそなたを派遣してくだされたわけか。それにしても、これは信じられぬほど早い動きよな。さなえ、そなたは江戸から尾張まで何日で到着したのだ」

「私は五日ほどで、ここ尾張熱田に到達いたしました」

「なんとも、早いものだ」

　俊平は、さなえを見つめ、目を細めた。

「伊茶さま失跡で、御前がさぞやお気を落としておられるのではないかと上様はご心配なさり、できるだけ早く私が出向くように倉地様に申されていたそうにございます。私は密偵の訓練を積んでおりますので、それほど急がずとも五日で到着しました。それに、疲れたと思った時は、駕籠を乗りついでまいりました」

「そうか。それにしても、そなたの腹の子が心配だ。尾張藩に頼んで医師に診てもらうか」

「どうか、ご心配なく」

　さなえは、首をすくめて笑った。

「まだ腹の子は三月《みつき》足らず。それに、上様もご心配くださり、小石川《こいしかわ》療養所の先生の診察を受けてまいりました」

「それなら、まあよいが」

「それより、伊茶さまの行方が、まことに気になりまする」

さなえは、あらためて顔を曇らせた。

「うむ。救出はなかなか容易なことではない」

俊平は、それ以上言葉を見出《みいだ》せず、ふたたび吉宗からの書状に目をもどした。

吉宗は城中から、俊平を支援する方策を、あれこれ打ち出したらしい。

京都所司代には、早馬にて朝廷を圧迫する政策をこれ以上行わぬようにあらためて申し渡すとともに、松平乗邑《のりさと》や本多《ほんだ》忠長《ただなが》ら幕閣にも、京都所司代の朝廷政策に口出しをせぬよう申し渡したという。

そのうえで俊平には、先日手渡した書状を確実に桜町帝に届けるよう結んでいた。

「上様は、着々と手を打ってくださっておられるようだ」

俊平は、さなえにそう言って頷いた。

「さようでござりますか」

「これで、ひと安心した。この書状を持って急ぎ駆けつけてくれた甲斐《かい》は、じゅうぶんにあったぞ」

俊平は、さなえに大きく頷いてみせた。

その日の夕刻、探索からもどってきた玄蔵らは、江戸から到着したさなえに一様に驚き、ささやかな歓迎の膳を用意することとなった。

その座上、まず惣右衛門が半日をかけて追跡した男たちのようすを報告しはじめた。

二人の不審者が神宮より出て、辺りをはばかりながら街道を尾張方面に向かったというのだ。

「ふむ、尾張方面への」

俊平は、上機嫌で惣右衛門の話に耳を傾けた。

「はい。しばらく追ってみましたが、名古屋の町を街道沿いに南下し、桑名宿《くわなじゅく》方面に向かいました。旅支度から見て、かなりの長旅を予定しておるらしく、とりあえず私は、奴らを追うことをやめもどってまいりました」

惣右衛門が報告を終え、宿の温《ぬる》い茶を口に含んだ。

「私が、追っていた浪人ふうの一団も同様でございました。その者らはおそらく、京に向かったものと思われます」

惣右衛門に替わって、慎吾が言った。

慎吾が追った男たちというのは、飾りの少ない二刀を帯びており、賑やかな客引きに惹かれて宿に投宿していたという。

「京か……」

「私の勘にすぎませぬが」

慎吾は、めずらしく慎重な口ぶりで言った。

「そ奴らのようすから見て、おそらくかなりの者が、ここ熱田宿と京を往き来しておるようでございます」

俊平は、惣右衛門と慎吾の話を聞き、ふと考え込んだ。やはり、ここ熱田神宮で人が集まるなにかが始まっていると思わざるを得ない。

「あっしもここ数日、社殿のいくつかに潜《もぐ》り込んでみました」

玄蔵が、心持ち声を潜《ひそ》めて言った。

「そなた、いよいよ社殿の内部まで調べてきたか」

「へい」

「それは、でかした。で、なにか見つかったか」

俊平は、身を乗り出して玄蔵に訊ねた。

「まあ、この神宮には壮大な社殿が多くございますが、神社の構造というものは他の社とさしてちがったものではありません」

「まあ、そうであろうな」

俊平は、笑って玄蔵を見返した。

「見慣れると、なかのようすがわかってまいります。社の者に混じって、神宮にいる者とも思えぬ男たちを数多く見かけましてございます」

「どのような者たちなのだ」

「山人ふうの粗野《そや》な身なりの者たちでございます」

「出入りする者らは、同じ一党でしょうな」

惣右衛門が言った。

「いずれも、ざんばら髪のまるで土臭い男たちで、訪ねてくる者は、武士、商人、職人などと多様に変装しておるようでございます」

「ふむ、目立たぬように工夫をしておるな。風貌《ふうぼう》から見て、やはり八咫烏の男たちと見てまちがいないだろう」

「はい」

惣右衛門が頷いた。

「その者ら、あらかたは境内各所で群《むれ》を成し、辺りをうかがっておりました。目つきなどから見て、只者《ただもの》とも思えませぬ。神宮の警護役のようでござりましたな。それぞれに目くばせをし、連絡を取り合っているようすもござりました」

「ふむ。八咫烏ら、神宮をどのように利用しているのか」

俊平も、首を傾げた。

廊下に足音があって、女中たちがその夜の膳を運んでくる。

ねぎらいの熱燗《あつかん》がありがたい。主従《しゅじゅう》もない。みなが大徳利を回し合った。

「話はまだあります」

玄蔵が、猪口を持って話をつづけた。

「煮売り屋に飲みに来た社務所の下男に酒を奢《おご》り、金を摑ませて、あの者らは何者かと訊ねましてございます」

「ようやる。それで、なんと申した――」

俊平が、目を輝かせて玄蔵に訊ねた。

「宮司の従兄弟に当たる白川影彦なる者が来てからというもの、神宮のようすはがらりと変わった、とその下男が申します」

「さきほどの番頭の話を裏付けるものだな」

「熱田神宮は、すでに八咫烏に乗っ取られているのやもしれません」

　慎吾が、険しい表情で言った。

「幕府は、気付いてはおらぬのでしょうか」

　惣右衛門が首を傾ける。

「なぜ、そこまで妙な動きをする神宮を幕府は調べないのでございましょう」

　慎吾が俊平に訊ねた。

「日の本でも屈指《くっし》の大神宮だけに、幕府も容易には手出しができぬのであろう。朝廷との縁も深いしの。八咫烏め、うまいところに目をつけたものだ」

　俊平が、腕を組み舌打ちした。

「とまれ、そなたらの働きでだいぶ神宮のようすがわかってきた。伊茶の行方もやがて知れよう。惣右衛門と慎吾は、この調子で神宮周辺の者らからさらに詳しく話を聞き出してほしい」

「かしこまりました」

　惣右衛門と慎吾が、うなずき合ってみせた。

「ところで、玄蔵。私は近頃、草薙の剣が伊茶救出の手がかりにならぬかと考えている」

俊平が目を細め、遠い眼差しとなって言った。

「なにをお考えでございます」

玄蔵があらためて俊平を見返した。

「あの剣を、盗み出すことはできぬものか」

「まさか！」

玄蔵が、目を剝《む》いて俊平を見返した。

「その、まさかを、ぜひそなたにやってほしい。何者かに草薙の剣が奪われたとわかれば、大きな騒ぎとなり、宮司をはじめ八咫烏どもが、みな本殿に集まって来よう。その間に、なんとか伊茶を助け出すのだ」

俊平が、真顔になって言う。

「しかしながら、そのようなことをして……」

惣右衛門の顔から、さすがに血の気が引いている。

「神罰《しんばつ》にでも当たると申すか」

俊平がにやりと笑った。

「八咫烏一味も、熊野神社近くで江戸に火を放ったではないか。あれこそ神罰に値しよう」

「まあ、それは、そうでございますが……」

惣右衛門は、まだ納得できないと言わんばかりである。

さなえが、そんな惣右衛門を見て笑っている。

「なに、惣右衛門。一時のことだよ。盗み出したあと、できるだけ早く、元にもどしておくのだ。それに、人を殺めるわけではない」

俊平が苦笑いして惣右衛門の腕をたたいた。

「だが、白川影彦なる男は手強《てごわ》そうだ。じゅうぶん警戒したほうがよい。さらに策を練るとしよう」

俊平はそう言い、追加の酒を女中に命じた。

その夜、一同が床についたのは、夜四つ（十時）を回っていた。

三

次の日の夕刻、ふたたび熱田神宮に足を踏み入れた俊平ら一行は、人気《ひとけ》の失せた神宮をさらに細部にわたって見てまわることにした。

「下見は、これを最後といたそう」

そう言ってから、俊平は惣右衛門、慎吾、玄蔵を連れ出した。

伊茶はほぼ社務所裏手の神宮の詰め所に閉じ込められていると見当をつけている。

一《いち》か八《ばち》かの勝負になる。それだけに、慎重な上にも慎重に準備しておかねばならない。

夜ともなると夜参りの参詣者がちらほらいるが、境内は不気味なほどに静まり返っている。

「八咫烏が境内に潜んでいよう。玄蔵、その辺り、教えてくれ」

「承知いたしました。潜んでいる場所は心得ております」

「まったく、こう広いと伊茶さまが別の場所にいらっしゃるかもしれぬと思え、落ち着きません」

さなえが苛立《いらだ》たしげに眉を顰めて言った。

「とは申せ、絞られつつあるようだ」

俊平が、さなえを宥めて言った。

「ここが、社務所でございます」

闇を縫うようにしてもどってきた玄蔵が、参道の左手に見える建物を指して言った。

「ここか」

なかを覗けば、大勢の巫女がたむろしてなにやら笑いながら話し込んでいる。

仕事を終えて、仲間同士くつろいでいるところらしい。

「玄蔵。あの娘らがなにを話しているのか、聞こえるか」

遠耳の玄蔵に、俊平が声をかけた。

「いやあ、あっしは若い娘の声はどうも苦手でしてね。小鳥のさえずりにしか聞こえませんや」

玄蔵が軽口をたたいたが、

「他愛《たわい》ない役者の話でございますよ。どこの娘も、話すことに変わりはありませんや」

玄蔵が、言って苦笑った。

「今宵は、意外に警備は手緩《てぬる》いやもしれぬ。さなえ、どうだ。潜入できようか」

俊平が並んださなえに言えば、

「大丈夫。お任せくださりませ」

さなえが明るく笑った。

「されば、先を急ごうか」

一行は、社務所を通り過ぎ、いくつかの棟をぐるりと迂回して拝殿前に至った。

玉砂利を敷きつめた広場から石段を数歩上がり、大きな甍《いらか》が重々しい拝殿の軒下に立つ。

「静まり返っておるな」

俊平の声が、周囲の杜に静かに消えていく。

「へい」

玄蔵が、用心深げに辺りを見まわした。

「ご神体の草薙の剣が納められてあるのはこの本殿だな」

本殿を覗き込み、俊平が言った。

「そのようでございます」

玄蔵が、鋭い眼差しで本殿の扉を睨んだ。

「妙だな。これまでのところ、八咫烏らしき男たちの姿はまったく見られなかったようだ」

俊平が、賽銭箱《さいせんばこ》の前に立ち、並んで立つ惣右衛門に言った。

「あれだけいた男たちは、いずこに消えたのでございましょう」

拝殿を上がってきた慎吾が、残念そうに言った。

「集まりでも開いているのか」

「八咫烏のことだ。あるいは、そうかもしれません」

玄蔵が言った。

その言葉に、みなが頷く。

「あるいは、我らの動きに気付いたかもしれませぬ」

惣右衛門が言う。

「どうしてそう思うな」

「今になって思えば、酒を飲ませての聞き込みがたび重なり気付かれた気もいたします」

「はは、酔いが醒めて神宮の者は警戒を深めたかもしれぬな」

俊平は笑った。

「今宵はここまでとしよう」

帰路、擦れちがう神官らは一行を夜参りの参詣人と見て、さして気に留めるようすもない。

四

その翌日、昼も過ぎ陽が西に傾きはじめた頃、俊平らの宿に訪ねてくる侍があった。

三ッ葉葵《みつばあおい》の紋所《もんどころ》の付いた黒の紋付に茶袴、歴《れっき》とした徳川親藩の藩士である。

三ッ葉葵は、尾張三ッ葉で徳川本家のものとは少々ちがう。

男は尾張藩士で、藩柳生道場《やぎゅうどうじょう》の門弟。名を長谷源次郎《はせげんじろう》と名乗った。

俊平は、この男と会った覚えがあった。城下の道場で稽古をつけてやったことがある。

「長旅でお疲れのところ、まことに恐縮でございますが、ぜひお知らせしておきたきことがございまして」

江戸柳生の師範である俊平を立てた挨拶を終えると、長谷は膝をにじらせ俊平に近づき、そう語りかけた。

「そなたは、尾張藩の道場で、私と立ち合ったことがあったかな」

俊平は長谷の熱気から逃《のが》れるように話題を逸《そ》らせた。

「はい、もうだいぶ前になりますが、ご指南いただきました。今は、城内の道場で師範代を務めております」

　長谷は、ふたたび俊平に深く頭を下げた。

「そうか、師範代か。それは頼もしいの」

「また、お手合わせをお願いしとうございます」

　長谷は擦《す》り寄るようにして俊平に近づいて言った。

「して、今日訪ねてきたのは、なんの話だ——」

　俊平はうかがうように長谷を見た。

「はあ、じつは……」

　言いよどむ長谷を見て、今度は俊平が先まわりをした。

「朝廷の一件であろう」

「はい。京都所司代が、執拗《しつよう》に朝廷に圧迫を加えており、尾張藩士の多くは、怒りを覚えております」

「そうか。まことに困ったものだな」

　俊平は腕を組み、長谷を見返した。

　長谷は小さく震えている。

「こたび、先生は影目付のお役目とか。難しいお立場とお察しいたしまするが……」

長谷が、顔を紅らめて言う。

「ところで、柳生先生は朝廷寄りとうかがいました」

「誰がそのようなことを言うた。私は将軍家の剣術指南役。基本は幕府寄りに変わりない」

俊平は笑った。

長谷が、いかにも残念そうに顔を曇らせた。

「だが、こたびは上様の命《めい》により、朝幕の間を取り持つべく京を訪ねるつもりだ。その意味では、まあ、中立と言うべきかもしれぬな」

「さようでございまするか。されど……」

長谷は、歯がゆそうな顔をしてみせた。

「もはや、朝廷は幕府の声など聞かぬやもしれませぬ」

「そこまで朝廷は怒っておられるか」

「はい」

長谷は語気を強めた。

俊平は、さもありなんと思った。江戸での八咫烏の暗躍を見ても、その怒りは明らかである。

「されば、朝幕の間が戦となった場合、尾張藩は噂どおり朝廷にお味方なされるのか――」

鎌を掛けるように、俊平が訊ねた。

「あ、いえ。そういたしたいことは山々なれど、おそらく……」

「おそらく……」

「尾張藩は、きっと潰れてしまいまするゆえ」

どうやら、長谷に嘘をついているようすはない。尾張藩の方針は、中立というところなのだろう。

「ところでそなた、なんのために私を訪ねてまいった。私を朝廷方に招き入れるためではないのか」

「は、初めはそう考えておりました。しかしそのようなこと、どだい無理な話と、今はあきらめております」

長谷が、肩を落として残念そうに言った。

「それにしても、奥歯に物の挟まった言い方だ」

俊平は、長谷をうかがった。

「未練にございます」

「率直な話しぶりはよいな。だが、私を誘うのは無理だ」

「やはり……」

「諸藩のなかには、朝廷に心を寄せる藩も多い。そうした藩がよほど多ければ、まあ、そうしたことも考えられなくもないが……」

俊平は、にやりと笑ってみた。

「それは、まことでございますか」

「いや、まずなかろう」

「ご冗談を」

長谷は、困ったように俊平を見返した。

「たしかに朝廷への同情はある。だが、八咫烏を抑えきれぬのは朝廷側に責任がある」

俊平は江戸での八咫烏一味の暴走を長谷にかいつまんで話した。

「そのようなことがあったのですか」

長谷は、失望して肩を落とした。

柳生家は、幕府に恩義がある。柳生藩初代柳生宗矩《むねのり》は、神君家康公に拾われて大名にまで出世した。柳生藩の身の処し方は、おのずと決まってくる。

それにこたびの朝幕の対立は、将軍吉宗の知らぬところで幕閣や京都所司代が引き起こしたものと言ってよい。

「噂によれば、柳生藩でも朝廷に同情する者が数多く出てきているとのことでございます」

「なに、八咫烏は、我が藩にまで入り込んでおるか」

俊平は、意外な話に心をざわつかせた。

「さあ、そこまでは存じませんが。ただ、親派が生まれておるのは確かのようでございます」

「由々《ゆゆ》しきことだ」

俊平は青ざめた顔で頰を撫でた。

「先生がお立場上、幕府のお味方をすると申されることはよく理解できまする。しかし、ご本心は、朝廷に同情を寄せておられると察しまする。ぜひとも、朝廷のお立場をさらに理解し、追い詰められる朝廷を救うべく、よき調停をしてくださいますよう、切にお願いいたします」

長谷は、畳に額を付けて懇願した。

「先ほども言っていたが、幕府の朝廷への圧迫はそれほどあからさまなのか」

「はい。ことに京都所司代は、その先兵《せんぺい》となって動いております」

長谷は、険しい顔で俊平を見つめた。

「それは、まずいの」

俊平は、苦虫《にがむし》を嚙み潰したような顔をした。

「そのため、我が尾張藩では、一部の者が反幕府勢力として京に結集し、影となって朝廷をお助けしております」

長谷は、俊平を心許せる者と見ているのだろう。率直な口ぶりで言った。

「そうか。具体的には、どのようなことをしておる」

「所司代の者を密かに始末しております。金子《きんす》の用意も」

長谷は、声を落として語った。

「ふうむ」

「いけませぬか」

「私が調停に入っておる間、しばらくやめてくれぬか」

「致し方ありませぬ」

「ところで、そなた――」

「なんでございましょう」

「私がこの尾張に来ているのを、どうして知ったのだ」

「我が藩の者が、先生がこの熱田の宿におられるところをお見かけしまして」

「だが、私の影の任務まで、そなたら、なぜ知っておるのだ」

「私には、柳生藩に剣友がございます。その者から、先生の影の任務を聞いております」

「おしゃべりな者がおるようだな」

俊平は苦笑いして、長谷を見返した。

「ともあれ、私は朝幕の対立を鎮《しず》める立場だ。そのために尽力する。何故なら、両者が激突して迷惑するのは、なによりもこの国の民百姓だからだ」

「もっともなこと」

「そのことを忘れずにいてほしい。私はこの一点を見据えて、動いておるのだよ。幸い、上様もそのお気持ちだ。そなたにも、ここをよく考えてほしい」

「はい。それは、むろん……」

長谷は、俊平の説得をあきらめたか、さなえの淹れた茶を無言で飲み干した。

俊平は、もういちど苦笑いして長谷を見返した。

「そう頑《かたく》なに思い込むな。まず上様と京都所司代はけっして一体ではない。上様はむしろ、朝廷に同情的であられる。きっと、所司代の暴走をお止めになられるだろう。私も微力ながら、そのために懸命に働く」

「さようでござりますな」

長谷は、やや明るい表情となって俊平を見つめた。

「そなたが、冷静になってくれたのは嬉しい。願わくば、血気《けっき》にはやる尾張藩の者たちを抑えてほしい」

「はて、そこまでは――」

長谷は、苦笑いして言う。

「奥《おく》先生も、私にそう申されておりますが……」

「ほう、奥先生はご達者か――」

「はい。先生はよく柳生先生のお名を口にされます。先生は奥先生のご自慢のお弟子のようでございますな」

長谷は、さっきまでの厳しい表情を一変させ、微笑んだ。

「ぜひ、先生をお訪ねせねばならぬな」

俊平はそう言って、長谷を隣室で酒を飲むみなに紹介し、その日は夜五つ（夜八時）頃まで剣談に耽《ふ》けるのであった。

五

「これより私は、尾張藩に剣の師奥伝兵衛《でんべえ》殿をお訪ねする」

　されば、持参したとっておきの羽織袴に威儀を正し、俊平が立ち上がると、みなも膝を整え、俊平を見送った。

「尾張藩が暴走せぬよう、お伝えください」

　惣右衛門が念を押せば、

「わかっておる」

　俊平があいわかったと頷いた。

　尾張藩は、藩祖徳川義直《よしなお》以来の親朝廷派で、藩士のなかにも親朝廷派が多い。俊平はその行方が気になっていた。

　そのために、奥伝兵衛を訪ねるつもりなのであった。

「我らは、これまでどおりに探索をつづけることといたします」

　と、玄蔵がさらに動くことを告げた。

「されば、私は街道沿いの煮売り屋でさらに聞き込みをいたします」

慎吾が胸を張る。

伊茶救出に動き出す気迫が、みなに漲《みなぎ》っている。

「慎吾、近頃そなたの勘は益々冴えているという。頼んだぞ」

俊平が、冗談めかして言うと、

「はい。伊茶さまの居場所、きっと私めが突きとめてご覧に入れまする」

「うむ。みな、よろしく頼んだぞ」

俊平は、四人に最後の神宮探索を託し尾張名古屋へと向かった。


「ほう」

久しぶりに見る名古屋城は、俊平の記憶に残る幼き日に見た城より、いくぶん小さく見えた。

かつての巨城は、大岩のように眼前に立ち塞がり、俊平を畏怖《いふ》させたものであった。

だが、今日見るこの城は、もはや威容《いよう》は消え威圧感も与えない。

江戸に出て、日の本一の巨城江戸城を身近に見るようになったせいかもしれない。

だが一方で、この城には江戸城にない特別な風格がうかがえた。

それは織田信長、豊臣秀吉と、天下人を二人も生んだ土地の城らしく、胸を張るような独立自尊と覇気《はき》を感じさせ、それが俊平を強く捉えてはなさない。

徳川本家と尾張藩の対立が深かった頃、影目付の柳生俊平は尾張藩の過激派たちに追われ、命を狙われたことがあった。

その当時の者も、当然藩には残っているはずである。

俊平は夕陽が落ちるのを待ち、身を隠すようにして奥伝兵衛の屋敷を訪ねた。

尾張柳生新陰流の剣の師奥伝兵衛の屋敷は、本丸の裏手の藩重臣の邸宅が居並ぶ一《いっ》角《かく》にあった。

にこやかに再会を喜んでくれた伝兵衛であったが、すぐに俊平の憂《うれ》い顔に気付き、

「どうした。そなた、この尾張には、いったい何用あってまいったのだ」

一転、炯《けい》とした眼差しで、じっと俊平を見つめた。

「じつは、このところ朝幕間に緊張が走っており、それを宥める密命を帯びて京に向かう途中でござります」

「その話は、たしかに聞いておる――」

伝兵衛は憂い顔で頷くと、妻よしが、茶と茶請けの菓子を盆に載せて部屋に入ってきた。

よしは、なんと三つ指をついて俊平に挨拶を始めた。

「あ、いや。奥方様。そのようにご丁寧なご挨拶は、どうかご無用に願いまする。それでは、私は返す言葉がありませぬ」

よしは、俊平を少年の頃からよく知っているのだが、今や大名となった俊平を軽々しく扱うこともできず、どう処遇してよいかわからず困っているらしい。

「はは、私はこれでもいちおうそなたの師に当たるが、よしにとっては、俊平はもはや子供ではない。一万石のお殿様だ。たしかに、どう接してよいか難しいところよの」

伝兵衛が笑って言えば、よしも顔を上げて笑う。

昔なつかしいよしの笑顔を、俊平もすぐに思い出した。

「まあ、内輪のことだ。よし、俊平さまでよいではないか。それより、本日、門弟が鮎《あゆ》が獲れたと持ってきてくれた。あれで、酒を飲もう。話はゆるりと聞く」

「それと、まだ栓を抜いていない伏見《ふしみ》の酒があったな。あれを出せ」

「はい。ただ今――」

伝兵衛がよしに命ずると、よしはすぐに立ち去っていった。よしはよしで、俊平を歓待したいらしい。

その後ろ姿を見とどけると伝兵衛は、

「さて、こたびの対立については、私ははらはらしながら見ておるのだが、その一方ちと余裕があってな」

「はあ」

俊平は、伝兵衛を見返した。

「前の対立は、幕府と我が藩の対立で深刻であったが、こたびは当藩と徳川本家のものではないからじゃ。だが、朝廷側につく藩士は深刻そうじゃぞ」

伝兵衛は、意外に冷静な口ぶりで言った。

どうやら、伝兵衛はもともと朝廷贔屓ではなく徳川贔屓であるらしい。

「私は憂えております。対立は、場合によっては、この国を二分するものとなりましょう。戦火に巻き込まれる庶民に罪はありませぬ」

俊平が切々と語れば、伝兵衛は深く頷く。

「うむ。それはそうじゃ。じつは、尾張藩のなかも意見が割れておる。朝廷派が相変わらず多い。だが、下手に動けば藩は潰れる。我が藩も他人事ではないのだ」

平静を装う伝兵衛が、初めて眉を曇らせた。

「藩論は割れておるが、藩士は冷静であらねばならぬという意見が多いのが幸いじゃがな」

「先生もお見受けしたところ、そのようなご意見と思われますが」

「私は、もとより藩を護る立場じゃよ」

「それを聞いて、安堵いたしました」

俊平は、ほっとして茶を取った。

「こたびは、天下のことも考えねばなりませぬ。かつての幕府と尾張藩の対立以上の大事となりましょう。尾張藩が朝廷方に付けば、水戸《みと》藩とてわかりませぬ。さすれば、この機に乗じて、外様の大藩も立つやもしれませぬ。さすれば、戦火はまこと、日の本を覆い尽くすこととなりまする」

俊平は、真顔で伝兵衛を見つめた。

「まことよの。よもやとは思うが。それだけは避けねばならぬな。だが、私とて朝廷方に同情するところもある。聞けば、朝廷方が怒りを募らせているのも一理《いちり》あるような話じゃ。京都所司代は桜町天皇に対して、ひどくきつく当たっていると聞く」

「さようでございます。幕閣のなかには、朝廷に対してあえて強権的な行動を取り、刺激する者もおり、さまざまな思惑が蠢いているように思われます」

「思惑か――」

伝兵衛は、茶を置いて俊平を見つめた。

「これは噂にすぎませぬが、吉宗様の失政を理由に、次期将軍擁立《ようりつ》を企む動きもあるとか。上様も幕閣が朝廷にきつく当たっておることを憂慮《ゆうりょ》され、この私に調停役をおまかせになった次第。しかし、これぱかりは、私のような小大名には荷が重く、困惑しております」

「それは、大任であるな」

伝兵衛は、重い吐息を洩らして同情するように俊平を見つめた。

「だが、なんとかなろうよ。将軍吉宗様は聡明なお方じゃ。それに、そなたなら大任を果たせる。ともあれ、鮎じゃ。今年の鮎は、ことに脂が乗って旨いというぞ」

一転して、伝兵衛は嬉しそうに言った。

伝兵衛は剣の他になかなかの美食家であることを俊平は思い出した。

「それは、ご馳走でござりますな」

よしが、盆に載せてきた湯気の立つ鮎にさっそく箸を付けてみれば、すこぶる美味《びみ》である。旨い酒とともに、鮎を二口、三口と口に運べば、もはやなにも要らぬような気にさえなってくる。

「よき肴よな。これと酒があれば、わしはもう他に要るものはない」

伝兵衛が、どこか悲しげに笑った。

その笑顔をやさしく見返せば、もはや伝兵衛には門弟を動かす力が無くなっているのであろうと思った。あるいは病がちの藩主徳川宗春にも、もはや藩を動かす力がなくなっているのかもしれない。

俊平は、尾張藩士が朝廷のために動かぬことを祈るばかりであった。

「して、宗春様は、いかがなされておられますするか」

「我が殿は、日に日に気弱になられておる」

「気弱に……」

「病がちであられることも理由のひとつだが、今は味方が少のうなってきたのだ」

「あれほど勢いのあった宗春様に……、なにがあったのです」

「わしは、財政政策についてはあまり多くを語る資格を持ち合わせておらぬが、積極財政にも落とし穴があり、空回りしはじめると、支出ばかりが大きくなり、藩の財政を左右する。その失敗の年が数年つづき、藩から不満が生《しょう》じた。殿はあのように鷹揚なお方、そうした批難を抑えることをなされぬため、反対派の声は大きくなるばかりであったのだ」

「なんとも——」

「そのうえ、陰で操《あやつ》っている者があったのじゃ」

「それは、どなたです」

「尾張藩附家老《つけがろう》竹腰正武《たけのこしまさたけ》じゃ」

「附家老か。困ったものです」

附家老とは、幕府から遣わされたお目付け役とも言うべき家老で、藩にではなく幕府に目を向ける者が多い。

竹腰の場合も、初めは宗春の政策を支え、それで藩に繁栄を導いていたが、幕府からの圧迫と、朝廷の動きの板挟みになり、ついに宗春を追い込むようになっていった。

「しかし、上様が宗春様を追い込むような政策をお立てになるはずもありませぬ」

「幕閣からの指示によるものと思われる。ことに、老中首座松平乗邑はしきりに竹腰様と接近し、裏から藩政を操っておった」

「松平乗邑殿は近頃、どこにでも顔を出しますからな」

「まことに」

伝兵衛は、そう言って笑った。

「幕府との激しい対立に加えて、藩内の反対派からの突き上げを受け、さすがの宗春様も気落ちされ、今では寝室に籠もってしまわれての。お部屋を出ることもなさらぬ」

「されば、藩内の親朝廷派とも」

「距離を置いておる」

「さようですか。あいにく、こたびは先を急いでおります。ご挨拶は叶いませぬが、よろしくお伝えくださりませ」

「そうか。殿は残念がろうが致し方ない。次はぜひ殿に会うてくれ」

「むろんのこと」

俊平は、徳川宗春の変容ぶりに驚きつつも、尾張藩が大きく朝廷側に舵《かじ》を切る恐れは少ないことに安堵した。

伝兵衛と酒膳を囲んでの忌憚《きたん》のない語らいは夜半《やはん》に及び、俊平が奥邸を後にしたのは、夜四つ（十時）を回ってからのことであった。

六

「されば、これより軍略会議を開くといたそう」

剣の師奥伝兵衛を訪ねた翌朝、柳生俊平は宿の下女が朝餉の食器を片づけていくのを待って、さっそくみなを呼び寄せた。

玄蔵が苦労して作成した熱田神宮の見取り図を覗き込む。

「問題は、伊茶がどこに捕らわれているかだ」

俊平は、ぐるりと一同を見まわした。

「これまでで、あらかた見当はついております」

玄蔵が俊平を見返した。

玄蔵は、かなり自信があるらしい。

「うむ」

俊平が微笑んだ。

「じつは私も、伊茶さまが捕らわれている居場所の見当がつきました」

ここ連日、朝早くから境内を探索していたさなえが、みなを見まわしてきっぱりと言った。

「ようやった」

玄蔵が、驚いて新妻《にいづま》を振り返った。

さなえが笑顔で頷いた。

「巫女に姿を変え、境内を調べておりましたが、柳生様が申されたように社務所の奥に厨として利用する数間《ま》がございました」

「たしかにある」

玄蔵が、屋敷裏から社務所奥の部屋を探索した折のことを思い返して言った。

「やはり、その最奥《さいおう》の一部屋に閉じ込められているようでございます」

さなえは俊平を見返し、もう一度きっぱりと言った。

「それで、そなた。伊茶さまの姿を見たのか——」

玄蔵が訊ねた。

「生憎《あいにく》、そこまでは。ただ、すこぶる警備が厳重な一角がございました。おそらくその部屋にまちがいございますまい」

「そうか——」

俊平が、納得して頷いた。

「部屋の見張り役は、八咫烏らしき男が二人。さらに、社務所にも八咫烏らしき男が五人ほど、ぶらぶらとしておりました」

「それだけおると、昼間の奪回は難しいな。あの者らの素早さから見て、他の者もすぐに駆けつけて来よう」

俊平は、険しい顔でみなを見まわした。

「なんの、一気に倒しまする」

惣右衛門が、刀を立て気負い込んだ。

みなが、その顔の険しさに息を呑む。

「逸《はや》るな、惣右衛門。失敗すれば、伊茶が危ない。ここは、なにか別の策を考えねばなるまい」

「やはり、例の策でございますか――」

玄蔵が、やはりという顔で俊平を見返した。

俊平が考えているのは、例の策、草薙の剣の奪取である。

「やむを得まい、玄蔵――」

俊平が心配そうに玄蔵を見つめた。

「はい」

玄蔵も、ようやく覚悟ができたようであった。

「どうだ、引き受けてくれるか」

「しかたありませんや。こうなれば、どこまでも御前の命《めい》に従います。お引き受けいたしましょう」

「すまぬな。たしかに大胆不敵《だいたんふてき》なことかもしれぬが、ただの刀と思えば、どうということはあるまい」

「まあ」

玄蔵が、苦笑いしてうつむいた。

「しかし、神器でございますぞ。どのような祟《たた》りがあるやもしれませぬ」

惣右衛門が、心配顔で俊平をうかがった。

慎吾は、呆れた顔で惣右衛門を見返した。

「なあに、きっと偽物にちがいありませんや。それに祟りだなんて」

玄蔵が、惣右衛門を見返して笑う。

「盗み出したら、神器が盗まれた、と大声で触れまわるのだ。できれば、焙烙玉を炸《さく》裂《れつ》させてくれ。なるべく大騒ぎにするのだ。なにせ、本宮のご神体が奪われたのだ。きっと血相を変えて出て来よう」

「きっと、そうなりましょうな」

玄蔵がにやりと笑う。

「神宮の本殿だが、よもやご神体の剣が奪われるなどとは思ってもおるまいから、見張りが大勢いるとは思われぬ」

俊平が得意気に言った。

「大いに、騒いでくだされ」

　さなえが、玄蔵に笑った。

「社務所の男たちも、みな飛び出してこような。隙は生じようが、すぐに気付かれる恐れはじゅうぶんある。素早く助け出さねばならぬ」

　俊平が言えば、みな、うむと頷いた。

「伊茶救出の役目は、惣右衛門と慎吾、そなたらに任す」

「かしこまりましてございます。必ず救い出してご覧に入れます」

　惣右衛門が、慎吾と顔を見合わせて頷いた。

「されば、御前とあっし、それにさなえは本殿からなかに潜入することにいたしやす。まずは、あっしが一足先に剣をいただきにいかせてもらいやす」

　玄蔵が言った。

「玄蔵、気を付けてやれよ。無理と思えば、もどってきてくれ。また、別の策を考える」

「ご心配はなさらないでくださいまし。剣の一本盗めねえようじゃ、御庭番など務まりません」

　玄蔵が、自信たっぷりに胸をたたいた。

「本宮は暗い。用心なされよ」

惣右衛門も、言葉を添える。

「残った私が、八咫烏の一党を引きつけておく。あいや、忘れていた。さなえは腹の子が気になるから、そなたは黙って見ておれ」

「いえ、私も闘います」

さなえが、身を乗り出してきっぱりとした口調で言った。

「いや、いかん。自重してくれ」

玄蔵が言えば、さなえが渋々うなだれた。

「玄蔵。最後は、盗んだ草薙の剣を本殿にもどして、こたびの計画は終了となる」

「しかし、殿お一人を残すのは気が引けまするな。神宮内の者を狼狽《ろうばい》させるためには、もっと大きな騒ぎにする必要があるのではございませぬか。いっそ、神宮に火を放ちませぬか」

慎吾が、興奮した顔で言った。

「それは、やめておけ。この神社を崇敬する全国の民にすまぬ」

「は、はい――」

慎吾が笑って頭を掻いた。

「早めの夕餉にするが、今宵は、酒をあまり飲むな」

「心得ておりまする」

惣右衛門が笑った。

「それと、八咫烏とはできれば争いたくないが……。そも八咫烏と事を構えるためにこの神社に来たわけではない。双方に犠牲が出よう。伊茶を助けたら、早々にこの社を去るほうがよい」

「退路は、ちと難渋《なんじゅう》しましょうな。伊茶さまは、長らく手足を縛られておられましたでしょうゆえ」

「ままよ。その時は私が担《かつ》ぐ」

みなが、呆気にとられて俊平を見つめた。

いずれにしても、これから大変なことが始まるのはみなもわかっている。

俊平ら五人は、夜四つ（十時）を待って、神宮奥に到達した。

それぞれが持ち場に散る。

社務所の裏手から厨のなかに入った惣右衛門と慎吾は、すぐに立ちすくんだ。

炯々《けいけい》と目を光らせる八咫烏と思われる山人ふうの二人が、燭台の灯りの下で腕を組み、立ちはだかっていたのである。

伊茶を見張っている。幸い、まだこちらには気付いていないようであった。

慎吾は、一気に踏み出し斬り捨てようと考えたが、

（新手《あらて》が現れ、囲まれてはまずい）

と、惣右衛門が慎吾を制止した。

じっと、玄蔵が騒ぎはじめるのを待つ。

一方、俊平、玄蔵、さなえの三人は、本殿の裏木戸を開けてなかに侵入していた。

「それでは、あっしは」

低くそう言い、二人に笑いかけると、玄蔵が一人、本殿奥に消えていった。

長い時が、流れた。

やがて小さな灯りが見え、その灯りが回った。どうやら宝剣を見つけた玄蔵が、打ち合わせどおりに社殿のなかを火縄で照らしたのだ。

「されば、我らは表に回ろう」

俊平とさなえは、本殿表に走った。

冷ややかな夜風が、俊平の鬢を撫でる。

闇に沈む神殿は、不気味なほど静まり返り、人の気配はまったくなかった。

二人は、本殿表の扉の前で、黙して玄蔵が騒ぎはじめるのを待った。

手足を縛られているであろう伊茶を思えば、救出が困難なことは俊平には容易に想

像できた。

（今宵、幾人かを斬り捨てねばならないか……）

俊平が、苦い思いを嚙みしめた。

やがて、夜空に玄蔵の放った光球が上がった。

待ちに待った玄蔵の報せである。剣を持ち出すことに成功したらしい。

俊平は、社殿の前に立ちはだかった。

「草薙の剣が、奪われたぞ――！」

「何者か――！」

大声で叫ぶ声が聞こえた。

社殿の裏手で玄蔵が叫んでいるのだ。

ややあって、各社殿から、どかどかと神官が飛び出してきたらしい。人のざわめきが聞こえる。

さらに、山人たちが飛び出してくる。

本殿に駆け寄ってきた男の一人が、闇に立つ俊平の姿に気付いた。

「うっ、柳生め。こ奴、なにをしにまいった！」

俊平を知るらしい男が問いかけた。

この男を、俊平は見たことがある。やはり、八咫烏の一人である。

「三種の神器のひとつ、草薙の剣が失われたらしいな」

俊平が男たちに笑いかけた。

「なんだと!」

駆けつけた男たちがバラバラと俊平を囲んだ。

「大切な神剣が奪われては、この神宮も終わりだな」

「嘘であろう!」

誰かが騒ぐ。

「こ奴を捕らえよ!」

宮司らしき神官姿の男が、厳しい口調で言った。

暗闇から、三人の神官が現れ、俊平らの前途を塞《ふさ》いだ。

白衣に漆黒《しっこく》の袴、額に同じ黒い鉢巻きをしている。

三人のうちの一人は白衣に紅の袴。いかにも宮司らしい装いだが、髪は総髪にして肩まで垂らし、目つきは只者とも思えぬ鋭さである。

どうやら、実質的なこの神宮の主となっている白川影彦らしい。

「我らを侮《あなど》るな。草薙の剣は、ご神体として本殿奥に安置されている。簡単に奪われるはずはない」

　白川影彦と思われる男が野太い声で叫ぶ。

「いいえ、たしかに剣は消えております」

　誰かが、宮司に近づいて告げた。

「言ったであろう。だが、私は奪ってはおらぬぞ」

　俊平が笑ってそう言い、刀の柄に手を掛け、一歩踏み出した。

「おのれ、神を恐れぬ不届き者め。斬り捨てい！」

　白川影彦が背後の八咫烏の男に命じた。

　一斉に、八咫烏が刀を抜き払う。

　俊平は、さらに八咫烏の群のなかに踏み込んでいった。

　だが、八咫烏たちは俊平の剣を恐れて遠巻きにするばかりである。

「ええい、将軍剣術指南役とて、数を頼りに取り囲めば、倒せぬ相手ではない」

「おぬしが、白川影彦殿か」

　俊平がにやりと笑い、男に向かって進んでいった。

　白川影彦がじりじりと後ずさりする。

「宮司の白川殿がなにゆえ、江戸で火付けを行う一党を匿《かくま》う」

「匿うてはおらぬ。我らは天子様の護り人と心は一体。幕府の圧政《あっせい》に抗《あらが》い、どこまでも朝廷を護りぬく」

背後の神官の二人が、歩み出し、白川影彦の左右に付く。

「ならば、訊きたい。そなたらと行動をともにする八咫烏の数は」

「聞いてどうする」

「敵対する者らであれば、戦力を知ることは基本のことであろう」

「ならば、百から千の間」

「開きが大きすぎるな。恍けることの上手な宮司殿よ」

俊平は笑った。

「だが、幕府が相手では、それでは足るまい」

「われらは一騎当千《いっきとうせん》。兵の数ではない。それに、やがて諸藩から援軍が駆けつけよう」

「ほう、それは、頼もしい。だが、そも朝幕は争うものではなく、ともに国の民のため、よき政を行うのが筋とは思わぬか、宮司殿」

「そう言いながら、これまで幕府は朝廷になにをしてきた」

「話は聞いている。朝幕の棲み分けが決まらぬうちは、対立と抗争もかなりあったであろう」

「そのようなものではない。幕府からの一方的な押しつけばかり。その結果の後水尾天皇のご譲位は象徴的な事件であった」

「そうであったな。その頃の朝廷と幕府のすれちがいは知っている。だが、八代将軍徳川吉宗様は、朝廷にご理解のある方だ」

「そのようなことはない。京都所司代は、朝廷からあらゆる典礼の機会を奪い取り、公家町から外には出さぬようになった」

「上様は、その動きを知らなかった」

「知らなかった――？」

「一部幕閣が京都所司代と進めたものだ」

「言わさぬぞ！」

白川影彦の右に並んだ若い神官が叫んだ。

「朝幕には多くの誤解が生じている。それを一つ一つ解いていかねばならぬ」

「もう遅いわ。朝廷はその臣下である征夷大将軍に、これ以上屈辱を浴びせかけられるいわれはない」

右側に立つ神官が言った。

八咫烏の男たちが、三人の神官の前に出る。

丈の短い刀を水平に保ち、ぴたりとその照準を俊平に合わせた。

俊平が八咫烏を押し返すように前に出る。

「やむを得ぬ。話がわからないのであれば」

流れるように前に進み出た八咫烏数名の攻撃を受け流しながら、俊平は白川影彦に迫った。

それを防いで、八咫烏が刃を合わせてくる。

数合《ごう》撃ち合って、俊平は三人を倒した。

その際に打ち合わせどおり惣右衛門と慎吾が伊茶を救い出した。やはり伊茶は社務所の奥の厨に押し込められていたのだ。

「さ、伊茶さま」

さなえが駆け寄って、伊茶を先導する。

「女を逃がすな!」

八咫烏の一人が叫んだ。

十人余りの者が、伊茶らの一群を取り囲む。

だが、惣右衛門、慎吾も剣では八咫烏を圧倒し八咫烏の一人は惣右衛門に刀をたたき落とされた。

八咫烏の一団が退くと、俊平が駆け寄っていった。

「伊茶、大丈夫か！」

「なんの、これしき」

伊茶は、八咫烏が落とした刀を惣右衛門から受け取り脚を庇いながら前に踏み出し、斬りつける八咫烏を一人ずつ斬り倒していった。

手強いと感じた白川影彦ら八咫烏一党が怯むのを見て、

「さあ、この隙に！」

俊平がみなを促した。

伊茶は片脚を引きずりながらも、戦意は旺盛で、隙なく抜刀し左右を睥睨《へいげい》する。

「殿――ッ！」

伊茶を助け出した惣右衛門が叫んだ。三人の八咫烏に囲まれ、対峙している。

「そのまま大鳥居へ。そ奴らにかまうな！」

俊平が惣右衛門に向かって叫んだ。

「柳生殿――ッ」

鳥居の方向に灯りが見える。武士の一団である。

大鳥居を潜って、男たちが叫んでいる。

駆けてくる侍の一群は、すでに抜刀していた。

どうやら尾張藩の藩士らしい。奥伝兵衛の息のかかった尾張柳生の門弟らにちがいない。

「おお、ご助勢いただけるのか！」

俊平が大声で応じた。

これら一群の男たちは、親朝廷派ではないらしい。

「むろんのこと——」

抜き身を、正眼に構えた先頭の男が応じた。

尾張藩の一隊を確認するや、俊平らを追ってきた八咫烏の一隊が、潮を退くように撤退を始めた。これは敵《かな》わぬと見たらしい。

俊平が、伊茶に駆け寄り、その手を取った。

伊茶が、俊平の手を握りしめた。

だが、その顔がわずかに苦痛に歪んでいる。

「乱暴、狼藉は受けなかったか」

「いいえ。あの者らも、天子様の護り人を名乗るだけあって、規律が取れており、そのような無礼はいっさいありませんでした」

「されば、私の背におぶされ」

「いいえ、肩をお貸しいただけるだけでじゅうぶんにございます」

「そうか。されば、慎吾は解放してやろう。ちと恥ずかしそうだ」

俊平が、伊茶の体を慎吾から受け取り、さなえが、もう片方の肩を担いだ。

尾張柳生の一団が、俊平らに駆け寄ってその背を囲む。

「ご無事でございましたな」

「なんの。こ奴らごとき」

俊平が尾張藩士に応えた。長谷源次郎である。

「柳生様が多勢に無勢ゆえ、奥先生がご助勢せよと。われら、尾張藩新陰流道場の者にござります」

「ありがたい。尾張藩にも冷静な方々があることを知り、安堵したぞ」

俊平が、笑顔でそれぞれの男たちの手を取った。

「そなたらの登場で、八咫烏は恐れをなしたようだ」

惣右衛門が、逃げていく八咫烏を目で追って微笑んだ。

「奴ら、みなさまのご活躍に、手も足も出せぬようすでございました。さすが、我ら門弟一同、大いに誇りに感じております」

「なんの、買いかぶられるな。こたびの伊茶救出は、そなたらの助勢なくば、果たし得ぬことであった。ご助勢いたみ入る」

言って尾張藩士を見まわせば、みな頼もしげに頷く。

「長谷殿。そなたも、来てくれたのだな」

「我ら、柳生新陰流を修める者にて、もはや迷うところはござらぬ。武家の頭領徳川将軍家に従いまする。八咫烏一味は、天下を騒がす賊にござる。どこまでもお味方いたしまするぞ」

長谷源次郎が、夜陰によく通る声で高らかに誓った。

尾張の侍たちが高らかに勝どきを上げれば、熱田神宮は闇にさらに静まり、八咫烏はいずこともなく消え去っていた。

第四章　京の嵐

一

　京の都は四条河原町《しじょうかわらまち》〈近江屋八右衛門方《おうみやはちえもんかた》〉に宿を取った俊平ら一行は、旅の荷を解くや、さっそく湯に浸かって疲れを取ると、朝廷方、京都所司代方双方《そうほう》の動きを探るべく、大判の地図を畳の上に広げて、みなで額を合わせた。

「それにいたしましても、京は千年の都と申します。見るもの、聞くもの、食べるもの、あまりに多くのものがありすぎて、なにやら落ち着かぬ思いでございます」

　地図を覗き込んだ慎吾が、声を上《うわ》ずらせて言った。

「慎吾、そなた、なにをしに京に来たのだ」

　惣右衛門が、厳しい眼差しで慎吾を叱咤《しった》した。

それを見て、伊茶が慎吾に微笑み返す。

伊茶には、慎吾が弟のように思えているらしい。

「そちは、まだ若いから致し方ないかもしれぬが、京には物見遊山《ものみゆさん》に来たわけではないことを肝《きも》に銘《めい》じておけよ。江戸では己に厳しい誠実な慎吾であったが、どうしてしまったのだ」

俊平は笑いながらも、ひと言慎吾に注意した。

「しかし、あれだけのことがありながらようやく京に着いたのです。俊平さまも、惣右衛門さまも、慎吾に厳しすぎはしませぬか」

捕らわれの身から解き放たれ、ようやく元気を取り戻した伊茶が、慎吾を庇うように言った。

「だがな、伊茶。こたびは天下の大乱を防ぐ大変なお役目だ。いかに前途が漠《ばく》としておろうと、しっかり目を見開いて進んでいかねばならぬ」

俊平が両袖に手を入れ、自らにも言い聞かせるように語れば、

「まことに、さようにございます」

惣右衛門もそう言うと、きりりと唇を結んだ。

「さて、そこででございやす。京の現状を知るには、まず手始めに過激派の若手公家

の動きを調べてみることから始めてはいかがでしょうか。こたびの朝幕の対立の中心にあるのは彼ら若手公家ではないかと思われやす」

玄蔵が言った。

「公家か――」

「はい。ある意味、帝はお飾りのようなもので内裏の実権は若手の公家が握っているとも聞いておりやす」

玄蔵は自信を持って言った。

「そうかもしれぬ。過激派の公家といえば誰だ」

「こたびの騒動で、若い公家衆を引きつけ、反幕府方の頭目《とうもく》になっておるのは、徳大寺家と聞いております」

「ならば、玄蔵。まずその徳大寺家を調べてみてくれ」

「へい、承知しやした。徳大寺家は、たしか御所《ごしょ》の裏手一条通《いちじょうどお》りにございやしたね」

玄蔵が、任せてほしいとばかり、広げた京の地図を見まわし、ポンとたたいた。

「おそらく、この屋敷には大勢の若い過激派の公達が集まっているものと思われやす」

玄蔵が、険しい表情で地図から顔を上げた。

「うむ。まずは屋敷に集まる顔ぶれを確かめてみよう。それと、噂では神道家《しんとう》の竹内式部《たけのうちしきぶ》なる学者の影響力が大きいという」

「その奴の人物像も知りとうございますな」

「その名、大岡忠光殿のご家来からも聞いている」

俊平が玄蔵を見返し頷いた。

「むろん、所司代でも調べておりましょうが、こちらはこちらで、こうした学者の存在も頭に入れておかねば……」

玄蔵が念を押すように言った。

「武力では、もとより幕府に歯の立たぬ朝廷方ですが、それだけに理論武装に余念がないそうでございます」

惣右衛門が確かめるように言った。

「その中心が竹内式部というわけだな」

俊平が言った。

「それでは、あっしは――」

玄蔵と慎吾が、険しい表情で立ち上がった。

「慎吾──」

　俊平が、畳みかけるように言って、慎吾を呼び止めた。

「はい」

「そなたは、京都所司代の動きを探ってくれ」

「は？　所司代をでございますか」

「そうだ。なにか、不満があるのか」

　俊平がにやりと笑った。

「いえ。しかし、所司代は幕府方ではないのでしょうか」

　慎吾が、納得がいかぬのか問い返した。

「我らの任務は、朝廷と幕府の間の緊張を解きほぐし、融和《ゆうわ》をはかることであったな」

「はい」

「所司代がどのように厳しく朝廷に当たっているか、まずは調べておかねばならぬ」

「そうじゃぞ、慎吾。所司代は敵方くらいの気持ちで当たらねばならぬ」

　惣右衛門が、嚙み砕くように説いた。

「は、はい」

慎吾は、困惑《こんわく》して惣右衛門を見返した。

「とはいえ、所司代にいきなり潜り込んでも、そなたのような軽輩《けいはい》を、与力同心は取り合ってはくれまい。もっと下の役人と親しくなって、下世話《げせわ》な話でもいい、なにか聞き出すことだ」

俊平が、戸惑う慎吾にわかりやすく説明した。

「難しいお役目でございます」

「むろんのことだ。だが、我らは幕府影目付、仕事に容易《たやす》い難しいの区別などあろうはずがない」

俊平は、笑って慎吾の肩をポンとたたいた。


それから二日ほど経って。

「まったく、今日は酷《ひで》え目に遭いやした」

徳大寺家を見張っていた玄蔵が、汗を拭き拭き宿にもどってきた。

青い顔をしている。よほど危《あや》うい体験をしてきたのだろう。

「どうしたのだ、玄蔵」

俊平が玄蔵の気配に誘われるように声を落とし、玄蔵を部屋の戸口に迎えた。

「いやぁ、もう少しで、咽を突かれ、目をくり抜かれるところでございやした」

玄蔵が顔を歪《ゆが》めた。

「穏やかではないな、それほど八咫烏は禁じ手を使うか」

宿の女中が運び入れた酒膳の酒を俊平は玄蔵にも勧めた。

「いえね。今日あっしを出迎えた相手は、人間だけじゃなかったんで」

「ならば烏の登場か」

「冗談を申されちゃいけませんや。まあ、順を追ってお話しいたします」

玄蔵が、苦笑いして、急ぎ盃の酒を咽に流し込んだ。

先に帰っていた伊茶とさなえが、心配げに俊平の隣に座り込む。

「ぜひ、聞かせてくれ」

「あっしが、徳大寺の屋敷を探っておりますとね」

「うむ。そこは、過激派の公家がよく集まるところであったな」

「へい。書生《しょせい》のような連中で表はいっぱいでございやした。それで、今日は屋敷の裏手に回って、勝手口からなかのようすをうかがおうとしたところが細い裏路地で、前方から三人、後方から二人、得体の知れねえ山人ふうの粗末な装いの男たちがやってくるじゃございませんか。いずれも凄《すさ》まじい殺気《さっき》で」

「挟まれてしまったか」

「しかも、前の三人は、まだ子供でございやした」

「子供か――」

「それが、とんでもない餓鬼《がき》でしてね、いきなり短刀を抜き払い、後方の仲間とともにあっしを囲んで詰め寄ってまいります。餓鬼と殺し合いをするわけにもいきません。こいつは弱ったと思い、ひとまず土塀の破れ穴に飛び込みますと、なにやら空から鳥が急降下してくるじゃございませんか」

「空からのっ」

「とっさに顔を覆《おお》い、身を伏せましたが、あの鳥は真っ直ぐあっしの眼《め》ん玉を狙っておりやした」

「それは驚いたであろう。なんであったのだ、その鳥は――」

「いきなりのことで、詳しくはわかりませんでしたが、後から考えてみると、ありゃ鷹《たか》でございましたね。おそらく、奴らが攻撃用の武器として飼い慣らしているものと思います」

「鷹か。それはかなわぬな」

「しかも、三羽おりやした。その時は、もはや目をやられるものと焦りやしたが、幸い通りの向こうから人が数人やってまいりまして」

「それは、幸いであったな」

「その連中、昼っから、酒を飲んでおりやしてね。仲間同士わいわい騒ぎながらやってきやす。すると山人ふうの男ども、姿を見られてはまずいと思ったのでしょう。次は容赦《ようしゃ》はせぬと捨て台詞《ぜりふ》を吐いて、去っていきました」

「それは、まことに危ないところであったな。今宵はゆっくり休んでくれ」

　俊平は険しい表情で伊茶と顔を見合わせ、玄蔵をねぎらった。

「鷹まで繰り出して、公家屋敷を警備しておるとすれば、まずそ奴ら、まちがいなく八咫烏の一団だな」

「あっしもそう思いやす。徳大寺家にも幾十人もの怪しい連中がうろうろしておりやした」

「されば、玄蔵。大変であろうが、明日もまた徳大寺の屋敷を探ってくれ。奴ら、よほど隠しておきたい話をしておるのであろう。鳥には注意してな」

「心得ましてございます」

　玄蔵は、神妙な面持ちで、手拭いを取り出し冷や汗を拭った。

その翌日のこと、玄蔵が見かけぬ男を宿に連れてきた。

紋服《もんぷく》姿であるが、玄蔵よりはひとまわり若い。

細身の、いかにも身軽そうな男である。

油断のない身のこなしは、仕事柄身につけたものらしく、俊平の前でもわずかな隙も見せなかった。

どうやら、玄蔵の密偵仲間らしい。

「こいつは、早野《はやの》左七《さしち》と申しまして、あっしの旧《ふる》い仲間でございましてね、大奥御庭番だったんですが、御庭番から所司代の密偵にお役が変わって、かれこれ五年。すっかりこっちの人間になっておりやす」

早野と呼ばれた男は、愛想《あいそ》よくぺこりと俊平に頭を下げた。

「ですがね、京都所司代はいまひとつ馴染《なじ》めねえそうで、時々あっしに愚痴《ぐち》の手紙を送りつけてまいります」

「京都の水が江戸の者に合わぬのはもっともだ。ともあれ、玄蔵の仲間であれば好都合だ。されば、京都所司代の内情など教えてくれるか?」

俊平は早野を笑顔で手招きした。

早野は、俊平の前に腰を屈《かが》めてすすみ、袴の裾をたたいて座ると、伊茶が愛想のいい笑みを浮かべて宿の茶を運んできた。

「まあ、所司代というところは、見るもの聞くもの、まさかのような話の連続で、裏話にはこと欠きません」

早野は、そう言って苦笑いした。

「そうか。ぜひそのあたりの話を聞かせてほしい。所司代は、幕府に黙って朝廷に対しかなりきついこともしているというからな」

早野は、伊茶の運んだ茶で咽《うるお》を潤してから、

「へい。朝廷の管理は、武家伝奏、議奏《ぎそう》を加えて、すべて所司代が行っております」

武家伝奏とは、武家の奏請《そうせい》を朝廷に伝える役目の者のことであり、議奏は天皇に近《きん》侍《じ》し、勅命を公卿《くぎょう》以下に伝え、議事を奏上《そうじょう》する役目のことである。

「ふむ、朝廷の運営はすべて幕府に握られているのか」

「幕府はそうして力を合わせて公家衆を追い詰めておりますよ」

早野は、言って苦笑いを浮かべた。

「やはりそうか」

俊平は、呆れ顔で早野を見返した。

「公家衆には大いに口出しをします。公家衆と申しましても、上のほうには多少の叡《えい》

慮《りょ》もございますが、下級の禁裏小番《きんりこばん》には遠慮もなにもありません。こいつらが所司代のいたぶりの中心となります」

「禁裏小番とは、内裏の雑用係であったな」

「こいつらは、なかなかの曲者《くせもの》で、勤番をしておりましても、朝廷の目が届かぬのをよいことに、三味線《しゃみせん》を弾いたり、相撲をとったりと、遊興《ゆうきょう》に耽《ふけ》る者ばかりで、所司代はこれ幸いと口出しし、ことさらに咎《とが》め、いたぶっております」

禁裏小番とは、毎日交代で天皇のいる禁裏で宿直する下級公家である。

「ふむ、ようやりおる」

俊平は、隣の伊茶と顔を見合わせた。

「そうしながら、仕事を休まないまじめな下級の公家には褒美《ほうび》をとらせ、怠《なま》けた者には官位昇進の際に反映させるなど、臨機応変《りんきおうへん》に言うことを聞かせていきます」

「なるほど、飴《あめ》と鞭《むち》だな」

「ひとつひとつの話はまあ他愛《たわい》もないものですが、万事がこの調子で、このようにして公家衆の頭を押さえ込み、統制を強めておるのでございます」

「話には聞いていたが、京都所司代というところ、朝廷方にとっては鬼の住処《すみか》のようなところのようだの」

「あっしも、その鬼の一匹で」

早野は、白い歯を出して笑った。

「なるほどな。それゆえ、若い下級公家には反幕府の過激分子が多いのだな」

「そういうことでございます。今では、朝廷の典礼《てんれい》も削《けず》られて残り少なく、京の町人の間で親しまれておりました朝廷も公家も、半ば忘れられた存在になりつつあります。一部の公家は、いずれ朝廷は消滅させられるのではないかと怯《おび》えております」

「ことに、不満を述べている公家は――」

「はい。徳大寺家、久我《こが》家、烏丸《からすま》家といったところでございましょうか」

「それらが、過激派の中核か」

慎吾が熱心に記録を取っている。

「さらに、学者も寄り集まっております」

「竹内式部らだな」

「はい。天皇の統治者としての正当性を、古事記に遡って調べるなど理論固めしておるようでございます」

「それにしても、徳大寺らはなぜそのように過激化したのだ」

「ひとえに学者らの入れ知恵でございます」

「徳大寺家の場合、竹内式部が理論派として、重要な役目を果たしております」

早野左七がきっぱりと言った。

「どのような者なのだ」

惣右衛門が訊ねた。

「越後《えちご》出身の者にて、父は医師と言われております。上洛して、大義名分を重んじる垂加神道《すいかしんとう》の教義を公家に教授し、最盛期には七、八百の弟子を有したと聞いておりま す。今もその数は減っておりますまい。その一番弟子が、徳大寺公城《きんむら》であるとのことで――」

「それは、大変な影響力だな」

俊平は、早野の話が面白く、前のめりになって聞き入った。

「この竹内式部の学説が公家の間に広がって、朝廷周辺は一気に過激化したと聞いております」

ちなみに、竹内の学説は、山崎闇斉《やまざきあんさい》が始めた垂加神道で、その思想を簡単に言えば、上下を重んじる儒教秩序《じゆきようちつじよ》に神道を加えたもので、神の子息である天皇への敬であった。

「そうか、そうか」

「摂家《せっけ》、つまり、幕府に通ずる上位の公家と過激な公家との対立は深刻化しており、所司代もこの男や竹内式部にはぴたりと張り付いております」

「それにしても、所司代はよう調べておるな。いつから、所司代は朝廷にぴたりと寄り添って朝廷内部の動きを調べるようになったのだ」

「幕府の創生期から、目を離してはおりませんでしたが、このところとくに厳しくなった背景には、幕府から朝廷運営を任されてきた摂関家《せっかんけ》が、衰退《すいたい》したことも関係しておりましょう」

「はて、なぜ衰退したのだ」

「つまりは、若手の公家は育っていたものの、最高位の公家がいずれも他界され、手薄になったからでございましょう」

「摂関家の近衛家は人がいなくなったと聞く」

「さようでございます。それゆえ若手の公家を抑える者がおりません。いずれにしても、今や京都所司代とその周辺の者らが、内裏を支配しております」

「なるほど。朝廷をめぐる構図は見えてきた」

「京都所司代について申さば、江戸幕府開闢以来の朝幕対立の歴史のなかで、朝廷を圧迫することが京都所司代の功績のようになっているのでござりましょうな」

惣右衛門が得心して言った。

「そうでございましょう。所司代には、そうした監視役のような匂いがプンプンしておりやす」

早野左七が渋い顔をして言った。

「凝《こ》り固まった所司代の役割や、考え方を崩すことは、かなり難しかろうの」

俊平は、そう言って早野をうかがった。

「これは、現場をご存じない上様では難しいかもしれませぬ。幕府と朝廷は、対立してきた歴史があまりに長《なご》うございます」

「うむ」

俊平は、あきらめ気味に頷いた。

俊平は玄蔵に金子《きんす》を渡し、久しぶりの再会だ、一緒に飲んできてくれと言って二人を町に送り出した。

その後、俊平はあらかた見えてきた京都所司代の全貌《ぜんぼう》に思いをはせ、いよいよ所司代に乗り込み、朝幕関係悪化の元凶、京都所司代をなんとか押さえ込まねばと、心に誓うのであった。

その翌日も夕刻になって、それぞれ任務に就いていた男たちがここ数日の探索の成果を持ち寄って俊平のもとに集まってきた。

惣右衛門の顔が明るい。御所近くの煮売り屋で、徳大寺家に集まる書生数人から話を聞くことができたらしい。

「ほう、どんな話だった」

俊平が膝を乗り出した。

「まあ、他愛がないといえば他愛がない話なのですが……」

惣右衛門は苦笑いしてみせたが、話の内容には自信があるらしい。

「早く申せ。その男たちはなんと言っていたのだ」

じらされて、俊平は惣右衛門の膝をたたいた。

「それが、幕府の政を嘆く者ばかりで、ある男などは幕府を倒さぬかぎり生活はよくならぬなどと血気盛んでございましてな」

「ずいぶんと生活に密接した話だの」

「下級の公家の生活は楽ではないらしうございます」

「だが、幕府を倒すとまで申したか。それは由々しきことだ。謀反《むほん》も同然ではないか。大胆不敵《だいたんふてき》な輩よな。して、煮売り屋には他にどのような顔があった」

「若い者が多ございましたが、なかには壮年、初老の者もちらほらと。若き不平分子《ふへいぶんし》らと、煮売り屋にて声を上げてみなで怒りをぶつけているようすでございました」

「それは、身近に話を聞いてみたかったたな」

俊平が笑った。

「ところで、惣右衛門。そちも徳大寺邸にもようすを見にまいったのであったな」

「はい、玄蔵殿とは別に、浪人者を装い正面から」

「その徳大寺邸に集まる公家や学者の動きはどうであったのだ」

「はい。さして広くない屋敷でございましたが、百人を超える者が押し寄せ、立錐《りっすい》の余地もなく論者の顔も見られませんでした」

「詰めかけた者らの話は聞くことはできたのか」

「はい。しっかり話を聞き届けましたぞ。ある男はかつて佐賀《さが》藩士でございましたが、脱藩し、浪人暮らしをつづけるうちに、世の仕組みの矛盾《むじゅん》に疑念を抱いて、幕府を倒すよりないと思うようになったと申しておりました」

「世の仕組みか。たしかに幕府の政は完全ではなかろうが、そこまで思い詰めている者がおるとはの」

俊平が、深刻そうに惣右衛門を見返した。

「学者ふうの者らの他は、浪人や公家か」

「はい、あらかたは。ただ、町人らしき者も数人おりました」

「京では、町人の朝廷の人気が高いようだの」

「聞けば、こうした集まりが、京では各所で行われていると申しておりました」

「それは、まことに由々しきことよな。いや、ご苦労であった」

「京は、やはり朝廷が治めるところという思いを強くいたしました」

俊平は、疲れの見える惣右衛門をいたわり、その盃に熱い酒を注いでやった。

ややあって玄蔵が口を開いた。

「それにしても、いまひとつ、動きが掴めませんや」

と零《こぼ》し、頭を掻いた。

「玄蔵にしては、弱気なことを申すな」

玄蔵は一時徳大寺家を離れ、他の公家衆の館を巡り、屋根裏に潜り込み、ようすを探っていたらしい。

「なにか動きがあると見るか」

「どうやら、諸国の大名に呼びかけているようですが、いまひとつわかりません」

俊平は玄蔵の肩をたたき、まずは、と盃を手渡した。

「へい」

玄蔵はぺこりと会釈《えしゃく》する。

「それで、どうだった」

「公家衆の間には、まだ目立った動きはございません。公家衆は、こちらの動きを警戒しているかのようでして」

「そなたを徳大寺家で襲った八咫烏が、公家衆に我らの動きを報告したのであろうな」

俊平は、大いにありうることと思った。

「とまれ、奴らは一体でございます。おそらく公家どもは、殿の御名も、影目付として動いていることも、承知なのでございましょう」

「しばらく睨み合いがつづこうな」

「それにしても、動きがぴたりと摑めねえようになったのは、悔しうございやす」

玄蔵は、気弱になってしまったか、ふてくされたように手酌で酒を飲み干した。

「玄蔵さま、そうやけにならずに。お体をお揉みいたしましょう」

伊茶が、そう言って旅の荷物のなかに潜めていた枇杷《びわ》の温熱治療の道具一式を取り出した。

「とんでもねえ。奥方様にそんなことをさせては」

「いえ、玄蔵さまやみなさまに私の命を救っていただいたお礼には、これでも些少《さしょう》すぎるほどです。それに、私はあなたさまをこの戦の同志と思っております」

「同志か。まこととよな」

俊平も玄蔵を笑って見返した。

無理矢理玄蔵を横にさせ、丹念に治療をほどこせば、

「こいつは、いい……」

などと言いながら、玄蔵はうとうとと居眠りを始め、ついには高鼾《たかいびき》をかきはじめた。

「はは。このように隙をみせる玄蔵を、私は初めて見た。愉快じゃの」

俊平は、さなえと顔を見合わせて笑った。

まだ新婚のさなえが、玄蔵に布団を掛けてやっていた。

二

それから数日経って、突然宿の外が騒がしくなった。

「なにを騒いでおるのか」

俊平が二階の窓から通りを見渡せば、戸口に公家駕籠が三つ並び、いかにも公家らしい装いの人物が駕籠から出て来たところだった。

大勢の町衆がそれを取り巻いていた。

やがて、宿〈近江屋八右衛門方〉の主人が突然二階の大部屋に飛び込んできて、三人のお公家様が宿をお訪ねになり、柳生様にお目通りを請《こ》うているが、招き入れてよろしいかと困惑した口ぶりで問う。

俊平がよいと答えると、どかどかと廊下を踏みならし、三人の公家が廊下に現れ、その後ろで、宿の女がおろおろとようすをうかがっている。

「柳生俊平か――」

顔はいかめしいが、見ればまだ二十代らしい若い公家三人が、衣冠《いかん》の裾を翻して居《い》丈高《たけだか》に叫んで立ちはだかった。

「いかにも、私が柳生俊平だが」

「そちか。その方、無礼にもほどがあろう」

公家の一人が、怒りに頰を震わせて言った。

「はて、なんでござろう」

「そなたは、朝廷の陪臣《ばいしん》にして、従五位の下。そのような者が、いきなり江戸から訪ねてきて、帝《みかど》に拝謁を賜ることのできようはずはあるまい」

「まあ、そのようなところに立っておらず、部屋にお入りくだされ。上から話されるは、いささか煩《うるさ》い」

「されば」

三人は、部屋につかつかと入ってきて、上座に向かった。

俊平は、苦笑いして下座に移る。

十人に及ぶ従者が、その背後に控えた。

惣右衛門、慎吾、玄蔵も揃って俊平の背後に並ぶ。伊茶とさなえは、青ざめた顔で壁際に控えた。

宿の女中が慌てて茶を淹れてくる。三人は着座すると、またぎろりと俊平を見下ろした。

「まず、訊ねる。そなた、なんのために京に入った」

「帝にお目にかかるためでござります」

「従五位の下の身分にて、いきなり帝を訪ね、目通り叶うとでも思うたか」

その公家は、怒りに唇を震わせて言う。残りの二人も、平伏する俊平を憎々しげに見下ろした。

「さればその前に、それがしをその宿に公然と訪ねながら、名を名乗らぬは、訪問客とて非礼とは思われぬか」

　顔をあげて俊平が問い返した。

「なに、こ奴ッ！」

　座った公家が立ち上がった。

　それを中央の公家が手で制して、

「麿《まろ》は徳大寺公城と申す」

「そちらは」

「正親町《おおぎまち》三条《さんじょう》公積《きんつむ》」

　怒りで立ち上がった者は、無言で着座した。

「そちらは？」

「麿は西大路《にしおおじ》隆共《たかとも》」

「それがし、上様より直々の書状を託され、帝に直接お伝えしたき儀があって参上いたした。それゆえ、これは上意でござる」

　三人の表情がにわかに凍りついた。

「そのようなこと、聞いておらぬ」

「はて、それは異《い》なこと。京都所司代にそれがしが上様の使いであること、お伝えしてあるはずだが」

「はて、使者とはなんであろうな。これは初耳、ぜひ使者の口上をお聞かせ願いたい」

「生憎のことながら、これは上様の厳命にて。帝以外のいかなるお方にもお聞かせすること叶いませぬ」

「我らは、帝と心を一にするもの。我らに聞かせられぬと申すなら、帝のお耳に入れること叶わぬ」

「なんと申す。上様は正一位《しょういちい》。おのおの方の上位に当たる。その使者として私はまいった」

「ううむ、それではその書状を見せよ」

「叶いませぬ」

「嘘ではないのか」

　正親町三条公積が言った。

「されば、ひと言、その内容をお伝えしよう。近頃、江戸では八咫烏が狼藉の限りを尽くしておる」

「八咫烏……！」

徳大寺公城が、息を詰まらせ目を見開いた。

「知らぬとは申されるな。世にこの一団の正体は不明と言われているが、なれど、巷《ちまた》では天子様の護り人と言われておる。その者らが、江戸に出て町に火を付け、大火には至らなかったがその一人が捕らわれておる」

「それは、確かなことか！」

「もし、評定にかけられ、死罪となりますれば、帝は臣下の者に江戸に付け火をさせたことになる。そうなれば、帝のお立場も苦しくなりましょう。その前に至急八咫烏の横暴《おうぼう》を咎め、朝幕の対立を緩和させられよ。それがし、上様のそうした配慮をたずさえての使者にござる」

俊平がそう言ってにやりと笑い、あらためて三人を見返した。

「ううむ。横暴を極めておるは幕府のほうであろう。朝廷の典礼をつぎつぎにとりやめ、手足をもぎとり、公家町を出ることを許さず、追い詰めておる。一部の跳ね返り者が、火を放ったというが、大火には至らなかったのであれば、大事はなかろうに」

徳大寺公城が、言って探るように俊平をうかがった。

「脅しじゃ。脅し。他愛もない」

隣の中将《ちゅうじょう》正親町三条公積が、吐き捨てるように言った。

「いや、けっして他愛ないものだと片づけられませぬぞ。江戸の八咫烏は、今も暴れまわっておりまするぞ。町衆の間に自警団も生まれておりまする。また、朝廷の典礼については、つぎつぎと打ち切られ、上様もご心配されております。ひとつひとつ吟味され、復活をご検討なされておられる。それを、ご相談のための使者でもござる」

「まこと、典礼を復活すると申すか――」

徳大寺公城が、探るような眼差しで俊平を見返した。

「大嘗祭、新嘗祭、また香椎宮に奉幣使を派遣するなども、ご検討されるところであろう」

「だが、なにゆえ徳川将軍がそのような」

三人の公家が、顔を見合わせ押し黙った。

「またれい。それらのこと、所司代も承知か――」

徳大寺公城が訊ねた。

「これには、所司代は関与しておりませぬ。上様は京都所司代に窘めの書状をお送りなされた」

三人の若い公家は言葉を失い、また顔を見合わせた。

「されば、帝はきっとお喜びになると思われよう。そのこと、ぜひとも急ぎお耳に入れたい」

正親町三条公積が言った。

「早急にお取り継ぎ願いたい。お願い申し上げる」

俊平が、ふたたび平伏すると、徳大寺公城は身を乗り出し、

「さは、さりながら……」

ふたたび、首を傾げて考えはじめた。

「それが、まこと将軍直々のご指示か、従五位の下のご使者のひと言だけでは判然とせぬ。いまいちど、確認させていただきたい」

徳大寺公城が言えば、二人の公家がそうじゃ、そうじゃ、と頷いた。

「さよう。それだけの大事、確認にはそれなりの日数が必要。柳生殿には、いましばらくお待ちいただきたい」

正親町三条公積が頷くと、

「いま、しばらく」

西大路隆共が、念を押すように俊平の顔をうかがった。

それがよいと、三人が顔を見合わせて笑う。

「小癪《こしゃく》な、逃げるか！」

惣右衛門が、顔を引きつらせて膝を立てた。

それを、俊平がまあまあと手を上げて制し、

「されば、お待ちいたそう。大至急ご確認のほどを」

俊平があらためて平伏すると、三人の公家は、

「うむ、うむ。そうする」

と頷き、不貞腐れた表情で宿を後にした。

「あの者ら、なにをしに来たのだ！」

惣右衛門が、怒りを露《あらわ》にして立ち上がり、廊下まで出て拳を握りしめた。

「よいよい、惣右衛門。放っておけ。あの者らなど、もとより相手にしておらぬ。だが、帝をああした者らが取り囲んでいると思えば、いささか気が重くなってくるがの」

俊平が、苦笑いして言った。

伊茶が駆け寄ってきて、俊平の手を取り、その横顔を心配そうにうかがった。

その翌日のこと、京の宿にまた新たな客が訪れた。

柳生藩士なのだが、京に出て藩の財政を助けるため、酒蒸し饅頭を売る箱崎善兵衛《はこざきぜんべえ》なる者である。

この当時、困窮する諸藩では、様々な商品を生産し、藩の財政改革に寄与するために市中で販売などをしているが、柳生藩も例外ではなく、菖蒲《しょうぶ》や饅頭を売って藩士の禄の足しにしていた。

その先兵が、この箱崎なのである。

箱崎は、なるほど武士よりも商人にふさわしい。

見かけはすこぶる温厚で、武張《ぶば》ったところは片鱗《へんりん》も見せない。

「おお、饅頭屋か。近頃、売れ行きはどうだ」

俊平は、久々に顔を合わせた善兵衛を、廊下まで出迎えた。

「殿、饅頭屋はご勘弁《かんべん》を……」

善兵衛は、人のよさそうな顔を大袈裟に崩して嘆いてみせた。

「ははは、みなが饅頭屋、饅頭屋と申すので、近頃はそちのまことの名を忘れてしまった。堪忍《かんにん》せい。歴とした武士に、酒蒸し饅頭を売ってもらっておること、まことに頭が下がる思いだ」

俊平が、箱崎に頭を下げた。

「なあに。それがし、藩の財政再建のためなら、なんでもお手伝いいたします」

箱崎は、明るく言った。

饅頭を売ることを、あまり苦としてはいないらしい。

「それで、どうなのだ」

「はい？」

「売れ行きのことだよ」

「驚くほどではありませぬが、日を追ってじわじわ売れ行きが上がってはおります」

「それはよい。伊茶の素朴な酒蒸し饅頭が京で売れるとは、まことに嬉しいかぎりだ。それでな、饅頭屋――」

俊平は、人通りの多い京の町を見下ろす窓辺に立ち、辺りを見まわすと、ぴしゃりと障子戸を閉めて、善兵衛の前にどかりと座り込んだ。

「先に書状にも書いておいたが、じつは京の動静、ことに朝廷の動きが詳しく知りたい。例のお役目のためだ」

「影目付のお役目でございますな。ご苦労さまにございます。殿のご指示により、あれこれ噂を集めてみましたが、私どもの知りうるところは、生憎あまり多くはなく」

まことにすまなそうに、箱崎が言った。

「なんの。わかっておるわ」

「ただこの京では、幕府の評判がすこぶる悪いことをあらためて思い知りました」

箱崎が顔をしかめて言う。

「江戸とは、真反対だな」

「そのようでございます。幕府は武力だけ持つ乱暴者で、所司代を通じてきりきりと朝廷を追い詰めている、などと言われておりまする」

「それで、実際のところは、どうなのだ」

俊平が箱崎に顔を近づけて訊ねた。

「たしかに、京都所司代土岐頼稔《ときよりとし》殿のやり方には、冷酷無比なところがありまして、朝廷を徹底して追い詰めておるように見受けられます」

やはり箱崎が、顔を歪めて言った。この男は、だいぶ朝廷に同情的らしい。

「だが、上様のお心の内には、そのような思いは微塵《みじん》もないのだ」

俊平は手を振って否定した。

「さようでございましょう。それがしの見るところ、京都所司代は悪いほうに独走しておる感がいたします」

箱崎は、俊平が自ら淹れてやった宿の茶を、一礼して口に運んだ。

俊平は満足そうな箱崎の表情を見て笑った。

「それで、所司代は具体的にはなにをしておる」

「さだかではございませぬが、与力、同心の動きを見まするに、このところ朝幕の対立がさらに深まりましたゆえ、その中心となる過激派周辺の動きを探っているようでございます」

「そうか――」

俊平は、鬱《うっ》とした表情で箱崎の話を聞いた。

「所司代の役人を酒に誘い、酔った口から零れ落ちたものを拾い集めましたゆえ、まずは確かかと」

「ほう、よう調べてくれたな。それはお手柄だ」

俊平は、相好を崩し、箱崎を讃えた。

「もっと、茶はいらぬか」

「あ、いえ。結構にござります。じつは殿、本日は朝廷側にあってことに過激な公卿の名と、学者など、幕府との対立を煽る者らの名を書きつらね持参いたしました」

箱崎は、そう言って懐から大判の書付を取り出し、広げてみせた。

「おぬし、そこまでやってくれたのか」

俊平は、驚いて箱崎の顔を見返し、書付に目を移した。

「はい。饅頭作りの合間にやったものでございます。殿のご苦労を思えば、どれほどのこともござりませぬ」

箱崎は、俊平に褒められ感無量の体《てい》である。

「ただでさえ不慣れな饅頭づくりなどしてもらい、さらに密偵のようなことまでしてもらったのですか。ご苦労様なことです。箱崎どの」

風呂から上がって部屋にもどってきた伊茶が、饅頭屋の隣で感謝を伝えた。

「なんの、奥方さま。これしきのこと。京にある私でござりますれば、これも使命と心得ております。それより、ひとつ気になるのは我が藩の動きでござります」

箱崎が膝を乗り出し、俊平と伊茶を見つめた。

「それは、どういうことだ」

「柳生藩は、わずか一万石の小藩でございますが」

「承知しておるわ」

俊平が苦笑いして箱崎を見返した。

「あ、いや、これは失礼を――」

「よいよい。それより話のつづきだ」

　俊平は箱崎を促した。

「はい。じつは朝廷に心を寄せる者が我が藩にも少なからずおり、朝廷の使者と接触しておる者もあるように思われるのでございます」

「それは、まことか。朝廷の使者とは、八咫烏のことであろうか。あのような者らに与する者が我が藩にもおるとは、まことに由々しきことだ。尾張柳生と江戸柳生の対立が、尾を引いておるのであろうか」

「はい、尾張柳生で剣を学んだ者らが中心となっております」

「それは、危ないことだな。できれば、その動きも知りたい。確かな者に書状を送り、その者らの名を調べさせることにしよう」

「私も、つてを頼って調べてみまする」

　箱崎が言う。

「いずれにしても、八咫烏の本拠地を突きとめ、早々に手を打たねばな。これは容易いことではなかろうが……」

「それにしても、天下を掌握しているのは幕府。朝廷はその庇護を受ける身なれば、いわば幕府の家臣のような立場でございませぬか」

「だが、それは幕府側から見た意見だよ。朝廷は幕府を臣下と見ている。ただの征夷大将軍にすぎぬのだ。所司代は、あまり増長しては、朝廷方と対立するばかりだ」

「はい」

「今日は、そなたから多くの話を聞けた。難しい仕事を引き受けさせてあいすまぬが、これからも京の報告を頼む。それから饅頭の販売もな」

「心得ております」

箱崎が俊平と伊茶を見返し微笑み返した。

箱崎はすっかり感激している。

「これからも饅頭をしっかり売りさばきまする」

と意気込んで帰っていった。


その日の宵五つ（八時）を過ぎた頃、慎吾が宿にもどってきた。

「ご苦労であったな。なにか成果はあったか」

慎吾をねぎらって隣に座らせ、俊平が伊茶に茶を淹れるように言うと、

「伊茶さま、私などにお手ずから、もったいのうございます。大した成果もなくもどってきた者にござります」

と慎吾は恐縮した。

「そなた、所司代の屋敷に潜り込めたのか」

惣右衛門が問い返すと、

「とんでもございません。門内にさえ、入ることはできません」

慎吾は、首を振って否定した。

「そうであろう。京都所司代と言えば、朝廷や西国《さいごく》大名に睨みをきかす鬼のような存在だ。見ず知らずの者を容易く邸内には入れまい」

俊平が笑いかけた。

「ただ、役人も人の子。屋敷を外に出れば、口も軽くなりまする」

「ほう、そうか」

俊平が、意外そうに慎吾を見返した。

「初めのうち、門から提灯が二つ三つと出て来たので、後につづく小者《こもの》に接近し、どこに向かうかと訊ねましたが、口は固く、言葉を交わす者などございません」

「そうであろう」

惣右衛門が笑って言う。

「ただ、黙って付いていき、奴ら行きつけの煮売り屋に私も後を追って飛び込みますと、そのうち奴らも酒が入って砕けた調子となります」

「それはよいな」

俊平が、惣右衛門と顔を見合わせて言った。

「緊張が解ければ、声も大きくなり、放言《ほうげん》も飛び出します。私は、五人の役人の背後に座っておりましたが、いい調子で朝廷を軽んじる言動を吐き、高笑いいたします」

「どのような雑言を吐く」

俊平が面白そうに訊ねた。

「なにやら、こそこそと囁いてはおるが、女子供も同然にて、いざとなればいつでも捻《ひね》り潰《つぶ》せる、などと申しておりました」

「そんなことが噂で広まれば公家衆の幕府への不満が募るのも無理はないの」

「そこまで朝廷を軽んじれば、反発されるのも当然でございまする」

伊茶も心配して言う。

「私も、そう思います」

さなえがそう言って、伊茶と顔を見合わせた。

「所司代は、明らかに暴走しておる。だが、たとえ幕府に反旗を翻しても、武器さえ持たぬ身、朝廷はなにもできまいに。親朝廷の大名とて、戦となれば動くとは思えぬが……」

惣右衛門は辛口《からくち》な調子で言った。

無骨者《ぶこつもの》の惣右衛門は、あまり朝廷への同情心はないらしい。

「それは、そうでございましょうが」

慎吾が、苦笑いして俊平を見た。

これは、やはり大方の者が所司代に問題がある、と感じているようである。

「いや、あまり所司代を悪う言うても仕方ない」

俊平が言った。

「いいえ、御前。所司代の横暴は、あっしらだって腹が立ちます」

大奥御庭番の玄蔵も、顔を歪めて言う。

「とまれ、慎吾。ようやった。所司代の連中の腹の内がよう知れたぞ。上様にこのこと、ご報告しておかねばなるまい」

「暴走する所司代を抑えることができるのは、やはり上様だけでございます」

惣右衛門が頷く。

「さて、これは、いよいよ所司代に赴《おもむ》き、私からひとこと言うてやらねばならぬな」

俊平が、思いを込めて言った。

「いよいよでござりますな。しかし、殿の忠告を所司代は素直に聞きましょうかな」

「なに、惣右衛門。聞かねば聞かぬで、所司代の所業を上様への書状に書き添えるまで。上様が厳しく咎めてくださろう」

「そうでございますな」

惣右衛門は、納得して微笑んだ。

「それと、土岐頼稔殿には、ひとつ頼みごとがある」

「はて、なんでございましょうか」

「ほかならぬ、伊茶のことだ。なんとか、御所に潜り込ませたいのだ」

「伊茶さまを御所に。それはちと、難しうございましょう。御所の女官《にょかん》は、代々公家の家から送り出され、そこに割り込むことなどとても無理かと存じますが」

「だが、御所には所司代側からも見張り役の女官が入っているという。それを利用してはどうだろう」

「所司代の見張り役でござりますか……」

惣右衛門が、初めて聞く女官の存在に首を傾げた。

「問題は、土岐殿がそれを許すかどうかだ」

「むしろ、我らの敵は八咫烏ではなく京都所司代のようでございますな」

遠耳の玄蔵が、あらためて俊平を見返し、こっくりと頷いた。

三

二条《にじょう》城の北に位置する京都所司代は、朝廷に睨みをきかせる幕府の出先機関として、大きな役目を担っている。

敷地も広大で、上屋敷、中屋敷、下屋敷の三つに分かれた屋敷は、総面積が木挽町の柳生藩上屋敷など及びもつかぬ広大さを誇り、さすがに俊平も目を奪われた。

出入りする訪問者も多く、わずか一万石の小大名の柳生俊平など重く処遇されるはずもないと想像していたが、やはりそのとおりであった。

若い所司代の与力に案内され俊平が通されたのは、上屋敷の小さな客間で、数名の与力を伴って、所司代土岐頼稔は胡散臭《うさんくさ》そうに俊平を出迎えた。

「将軍家剣術指南役であられる柳生殿が、当所司代を訪ねられるとは、まことにめずらしうござるな。して、ご用向きは――」

土岐は、どこか忙しげに問いかけた。

背後の与力数人も、白々《しらじら》としている。

「京が騒がしいと聞き、上様よりようすを見てまいれと命ぜられましてな」

俊平は、笑みを湛《たた》えて言った。

「はて、京はいたって平穏《へいおん》。特に変わったこともござらぬが……」

土岐は、いぶかしそうに俊平を見返した。

「江戸では、火付けが横行しておりましてな。天子様の護り人、八咫烏が暴れております。朝廷の幕府への怒りがそうさせているとのことです」

「はて、それは初耳でござる」

土岐が真顔になって俊平を見返した。

「初耳でござるか。先日三人の公家衆が宿を訪ねてまいられ、私が帝に拝謁を望んでおることに抗議されたが。私が拝謁を望んでいること、所司代にはすでに連絡が入っているはず」

「ああ、そうそう。江戸よりそのような書状が届いたのを忘れておった」

土岐は、惚けた口ぶりで言った。

「それにしても、天子様の護り人が、火付けの下手人と申されるか」

土岐が、驚いた顔で俊平を見返した。

「帝がまこと、その者らに命ぜられたかは判然とはいたさぬが、少なくとも一部の過激派が蠢いておることは確か。証拠も上がっております。上様は朝幕関係に波風が立ってはならぬと、ご心配なされておられます」

「証拠はあると申されるが、それは確かでござるか」

「一人捕らえられております。また、すでに江戸の町民の間ではもっぱらの噂でございます」

「八咫烏の仕業とすれば、たしかに由々しきことではあるが……」

土岐頼稔は、困惑したように顔を曇らせた。

「あらためてお訊ねしたい。八咫烏とは、そもどのような者でござる」

「一味は、まことに不可思議な者どもにて、古代から朝廷より数々の役目を託されていたと聞いておる」

「それは存じておりますが、それだけではござるまい。武士の世となっても、帝の目となり耳となって、密偵らしき役目を務めておるのでは」

「はて、それはそのようでござるが、隠密行動が多いため、その活動はさだかではござらぬ」

土岐が、険しい表情で俊平を見返した。

「我ら、京に向かう途中、大井川で仲間が拉致《らち》されました」

「お仲間を！」

土岐は、驚いて俊平を見返した。

「じつは、わが妻でござる」

「奥方が、はて、なにゆえ」

「妻は、一刀流皆伝に加えて、江戸の柳生新陰流も修めており、警護のためこたびの上京に加わったしだい」

俊平は、土岐の疑念を拭うように冷静な口調で言った。

「奥方を捕らえた者らが、八咫烏と名乗ったのでござるか」

「むろんのこと。さらに、われらはすでに火付けの現場で出会っており、見知っております」

「さようか」

土岐頼稔はがくりと肩を落とし、やがて態度を一変させて怒りを露にした。

「朝廷方は、図に乗っておる。幕府にこれほどに挑戦的であったことはない。あるいは、親朝廷の大名も動き出しておるのやもしれぬ」

声を潜めて言った。

「それは確かでござるか――？」

「江戸での八咫烏の活発な動きも気になります。しかし京では、若手公家が実権を握り、朝廷を幕府に反目させております。もはや桜町帝は人質同然、それを取り締まることは我らの義務と心得ておりまする。これ以上、朝幕が対立いたすことは、京都所司代も望むところではありませぬ」

俊平は、それは自業自得と思ったが、それは言えない。

「それがし、上様より桜町天皇に、上様のお心をお伝えする内命を受けております。できまするか」

「それは……」

「さようか。されば、伊茶の内裏への参上、ぜひとも」

俊平が丁重にそう言って頭を下げると、土岐は曖昧な表情で俊平を見返した。

土岐が、結局渋々と伊茶の一件を約束してくれたので、ひと安心して所司代を離れると、二日後、所司代の与力が俊平らの投宿する宿に訪ねてきた。

人当たりの良さそうなこざっぱりした顔をした役人である。

三枝彦三郎《さえぐさひこさぶろう》と名乗っている。

「されば土岐様をもう一押し、私が一刻も早く帝に柳生様の拝謁のご要望をお伝えさせるよういたします。いましばらく、お待ちくださりませ」

三枝彦三郎は、どこまでも丁重な口ぶりでそう言った。

「やってくださるか」

「ご安心くださりませ。私が、なんとかして帝にお目通りし、俊平さまのことをお伝えいたします」

脇に座す伊茶が俊平の手を取り、焦りを振り払うようにそう言った。

「まずは、第一の関門だの」

「その件でございますが、じつは、所司代から帝に付けておりますす女で、滝川《たきがわ》という者がおります。この者の付き人ということには、たしかにできましょう。私が話をつけまする」

「そのようなことができるのか」

「所司代にも人材はおります。滝川という者は、朝廷に同情的でございます。できるかぎりのことはいたしましょう」

「それは、まことにありがたい」

俊平は、篤《あつ》くその与力に礼を言った。

「じつは、土岐様から奥方様の話を聞き、それがし、すでに根回しをいたしております。その滝川からの返事も受け取っております」

「なんと」

「ただ朝廷からはまだお返事をいただいておりませぬ。そのような者、御所に入れてはならぬと申されるやもしれぬ、その場合は悪しからずと」

「それなら、致し方あるまい」

俊平は、苦笑いして頷いた。

「上様の思いは、朝廷と幕府が仲むつまじく手を取り合うこと。そのために、まずは帝の身辺にそのお心を伝える者を置き、上様のそのご意志をお伝えしたい。どうかよしなに」

俊平は、もういちど念を押した。

「それは、まことにさようでございますな」

彦三郎もそう思っているらしく、大きく頷いて俊平を見た。

「柳生様には、ぜひとも朝幕の和解のため、ひとはたらき、よろしくお願いいたします」

三枝はさらにそう言うと、俊平を見つめて深々と頭を下げた。

「ぜひ、滝川どのによろしく」

「心得ております」

「それにしても所司代にも、三枝殿のような方がおられることは頼もしい」

俊平は、あらためて温厚そうな滝川の表情を見つめて微笑んだ。

「じつは、所司代の今のやり方をよしとする者は、所司代の役人のなかでもそう多くはないのです」

「それが、まこととも思えぬが……」

俊平は意外そうに、伊茶と顔を見合わせた。

「とまれ、三枝殿。そなたが頼りだ。よしなにな」

俊平は、三枝を宿の戸口まで出て丁重に見送ると、

「誰もが平穏を望んでおります。朝幕の間が決裂して喜ぶ者などおりません。お任せくだされ。できるかぎりのことを務めさせていただきます」

三枝は背筋を伸ばし、明るく微笑んで宿を出ていった。

「なんとも頼りになる男だ。あの者に、任せるよりあるまいな」

俊平は伊茶と顔を見合わせ、微笑むのであった。

第五章　帝《みかど》の決断

一

京都所司代は、内裏内に女官を送り込んでいる。

帝や公家の動向をさぐる密偵であり、あけすけ極《きわ》まりないものではあったが、朝廷はそれを拒むことができなかった。

その密偵である女官の名を滝川という。

伊茶は、その滝川の従者として内裏に上がることになった。

髪を御所ふうに結い、装束も改めたが、女官たちとは交わす言葉もない。黙々と任務に従した。と言っても、帝周辺の雑用である。

伊茶の行動を遮る者は多岐にわたっていた。

多くの女官が前を塞ぐように伊茶の前をすすみ、先に行かせないことなど、たびたびであった。

食事さえ、与えられない日もあった。

十日ほどして、ようやく伊茶は、控の部屋で一部の女官と言葉を交わすことができるようになった。ふとしたきっかけで女たちの疲れを枇杷の葉の治療で取ってやると、遠巻きにしていた女たちもその治療効果に驚き、おそるおそる言葉を重ねるようになった。

「そなたは、変わったお方でおじゃりまするな」

女官が、いくぶん皮肉げに伊茶に話しかければ、

「みなさまのお役に立てていただければ、私の喜びにござります」

伊茶はそれだけ言って、あまり多くを語らなかった。

女官の刺すような鋭い視線が痛かったからである。だが一方で、枇杷葉治療の効果に惹かれた女たちは、遠巻きにして伊茶から離れなかった。

ようやく、内裏内に少しずつ、伊茶に好意的な女官が現れるようになった。

そんな日々がつづくうち、いよいよ伊茶は滝川に伴われ、帝の前に上ることになった。

「本日は、新たに女官を引きつれましてございます。私の従者となりまする。よろしければ、私同様、帝の御用を承《うけたまわ》らせていただきたく存じまする」

京都所司代付の女官滝川が、多くの殿上人《てんじょうびと》が左右に居並ぶなか、御簾《みす》の向こうの桜町天皇にうやうやしく言上《ごんじょう》した。

その背後で、南雲《なぐも》と名乗ることとなった伊茶が、深々と平伏する。

帝は、このところ気分が鬱《うつ》ぎみらしい。だが、御簾のこちら側をうかがい、驚いたことに、

「直答を許す。その方、名は、なんと申す――」

と、小声で問いかける。

「南雲と申しまする」

伊茶が緊張に声を震わせて答えた。

「南雲か……」

その名も、今の帝の気分にはそぐわなかった。

妙に陽気な名である。

帝は興味無さげに応じ、ふたたび滝川の背後の女官にちらと目をやった。

「これなる者、いささか武道の心得がござりまして、内裏の警護にも、役立つものと存じまする」

「強い女人《にょにん》は好かぬな」

桜町帝は、皮肉な口ぶりでそう答えたが、また南雲をうかがい見て、

「武術とは薙刀《なぎなた》か――?」

と、問うた。

「はい。薙刀を少々――」

南雲が、深く平伏したまま答えた。

「この者、大刀も振るいまする」

滝川が、毅然《きぜん》とした口調で口添えをした。

「それは、大したものじゃの」

帝は、また皮肉な口調で返した。

「大刀を振るう武張った女など、帝はますます興味がござりますまい」

右手下座の先頭にある公卿が言った。

数人の公卿が、揃ってクスクスと笑う。

南雲の桜町帝への拝謁は、結局それだけで終わった。

それからの数日間、帝は滝川には親しげに接しても、南雲のことは忘れてしまったかのごとく、声さえかけなかった。

だが、七日ほど経ってから、変化が起こった。帝の持病の腎《じん》の病がにわかに悪化し、床《とこ》に伏せることが多くなったのである。それが、帝と南雲を近づけることとなった。

初め、滝川と南雲はたびたび帝を見舞ったが、帝は病状を滝川に手短に伝えるばかりで、南雲には顔を背《そむ》けたまま見ようともしない。

「お加減は、いかがでございましょう。この南雲、枇杷の葉の治療を心得ております。もしよろしければ、お試しになられてはいかがでございましょうか」

滝川は帝の枕元に近づき、声を潜めて訊ねた。

「枇杷じゃと――？」

桜町天皇が、ふと床の上で南雲を見上げた。

「内裏に一本の枇杷の木があるの。あの枇杷の葉などで、人が治せるというか」

「はい」

南雲は、毅然とした口調で答えた。

「ふむ。枇杷にそのような治療効果があるとは、ついぞ知らなかった」

「じつはその効果は奈良《なら》の昔から朝廷に伝えられております」

ふたたび南雲は自信を持って言った。

「その話、聞きたい。もそっと近う寄ってたもれ」

帝は、細い声で南雲に命じた。

「されば、言上いたします」

南雲は膝行《しっこう》して帝に近づくと、

「枇杷の葉の治療は、遠く奈良の昔、孝謙《こうけん》天皇が民のために治療院を設け、枇杷の葉の治療を勧めたと申します」

と、床に伏す帝に微笑みかけた。

帝は笑った。

「たしかに、そう言えば、そのような話があったな……」

桜町天皇は、あらためて南雲に向き直り、

「ならば、治療してくりゃれ。腰が痛い」

と、極めて異例のことながら、手を取って言った。

これが、効いた。

帝の腰痛が、ぴたりと治ったのである。

それからしばらくの間、病弱な天皇に寄り添うように、南雲は帝の治療に明け暮れた。腰痛は日に日に軽くなり、気鬱も快方に向かっているものと思われた。

「これ、南雲。この療法はまことによう効くの。それに毎日夜遅くまで治療してもらっておる。そなたの家族から、そなたを取り上げてしもうたようじゃ」

帝は、血の通いはじめた顔で明るく笑った。

帝は南雲の家族が京にいるものと思っているらしい。

「よろしいのでございます。家族も承知のこと。帝の治療に当たることができ、家族みな光栄に思うております」

南雲は、うつむいて帝に笑いかけた。

「そなた、家族にも、枇杷葉の治療をしてやるのか」

「はい。時折。ただ、夫は多忙にて、あまり……」

「多忙か。なにをしておる」

「武家にございます」

「ほう。武家か。名はなんと申す」

「柳生俊平と申しまする。従五位の下をいただいております」

「従五位の下といえば、大名ではないか。はて、柳生か。その名、聞いたことがあるぞ」

帝が、いぶかしげに南雲の顔をうかがった。

「将軍家剣術指南役を務めております」

「将軍家……。そういうことか。なるほど、そなたが武術を嗜《たしな》むのも当然じゃの」

桜町帝は、久しぶりに嫌な顔をした。

「しかし、武士の妻が、一方で医者の真似か」

「私は、身分にこだわりとうございませぬ。菓子も売っております」

南雲は明るく笑った。

「菓子か。商人のような真似をする」

桜町帝が、意外そうに南雲を見返した。

「そういう時代なのでございましょう。武家は、いずれも財政が窮乏《きゅうぼう》し、商人同様、店を持ちまする」

「ほう、そうか。それなら、公家どもと同じじゃな」

桜町帝が笑った。

昨今の公家も、稼業に忙しい。

稼業に関する伝授や許状を希望者に発行し、手数料を取ることなどが主であったが、酒屋を営むなど、商人まがいの者もあった。

「はは、今や天下を掌握しておるのは、帝でも武士でも朝廷でもなく、商人かもしれぬな」

「はい」

南雲が笑いかければ、帝の相貌《そうぼう》がわずかに和らぐ。

「じつは、夫から帝に伝言がございます」

「伝言じゃと。これは藪から棒じゃの」

帝はいぶかしげに南雲をうかがった。

「夫は、将軍から帝への書状を預かっております」

「なんと、それを早う申せ」

帝は怒ったように言った。

「はい」

「なにゆえ、これまで黙っていた」

「将軍のお心を、お信じいただけるようになるまで、じっと待っておりました」

「江戸の将軍からの書状じゃ。いずれにしても、目を通す」

「はい。おそれいりたてまつります」

「して、伝えたき儀とはなんじゃ」

帝が、真剣な眼差しで南雲を見つめた。

「この場では申し上げられませぬ。将軍吉宗様は、ぜひ帝あての書状を預かりまする夫にお目通りいただきたいと願っております」

南雲は、険しい表情をする帝に向かい、治療の手を休めてきっぱりと言った。

それから二日ほど後、請われて内裏に上がった柳生俊平は、正殿の奥御簾の前で帝にうやうやしく平伏した。

「そちが、柳生か――苦しゅうない、直答を許す」

「ははー。柳生俊平にございます。本日は拝謁の栄誉を賜りまして、この上なき幸せに存じまする」

俊平は初めて顔を上げ、御簾の向こうの帝の影を見つめ、また深々と頭を下げた。

「うむ、そなたの妻には、こたび枇杷の葉にて治療をしてもろうた。ありがたきことじゃ」

「もったいなきお言葉――」

「南雲の話では、そなたの考え、所司代とはちがうと聞いた」

「はい。将軍家にても同様にござります。所司代の重ねてのご無礼、どうかお許しいただきとうございます」

「許そうが、許すまいが、所司代は、変わらぬであろう。どうしたものか」

帝は吐息をひとつ洩らしてから、

「所司代は朝廷に数々の圧力を加えてくる。将軍吉宗殿の耳には入っておらぬのか」

「あいにく入っておりませんでした。先日、それがしが京都所司代土岐頼稔に対面し、そのことを問い質《ただ》しましたところ、土岐頼稔も、配下の者どもの数々の悪事を聞かされて、驚いておりました。土岐も知らなかったそうにございます」

「ありえぬ話じゃ。あの土岐が。じゃが、反省しておるなら、これ以上は問うまい。されば、吉宗殿は、朝廷との関係をどのようにお考えじゃ」

「はい。朝幕の関係は、持ちつ持たれつにて、朝廷の文の力と幕府の武の力があいまってこの国を治めるべきと考えております」

「文の力か――」

桜町帝は、くすりと笑った。

「こちらは、将軍からの書状にございます」

俊平は御簾の前に書状をおいた。

御簾が開いて右手に居並ぶ公卿の一人が、それを桜町帝に手渡す。

「吉宗殿は朝廷をどうお考えじゃ」

「はい。朝廷の力は、尊《とうと》いものとのお考えでございます」

「これがまことのお心であれば、嬉しいが……」

「まことにございます。将軍は嘘偽りのない誠意のあるお方。お信じくださりませ」

「そうか。一部の公家衆に説かれ、正直倒幕の狼煙をあげようとふと思うたこともある。じゃが、思い止《とど》まった」

「よきご判断と存じます」

「戦火で路頭に迷うのは、この国の民じゃ」

「帝の尊き御《み》心をお聞きし、安堵の気持ちでいっぱいにございます」

「うむ。私も吉宗殿の話を聞き、半ば安堵した。幕府の姿勢は、なるほどいささか京都所司代とはちがうようじゃ」

「大いにちがいます」

「そうか。それにしても、幕府はよう朝廷をいたぶってきたものよな」

帝は苦笑いをして、追想を始めた。

「今は武家の世じゃ。『禁中並公家諸法度』によって朝廷は幕府の意に従わざるを得なかったが、それも致し方なかったであろう。だが、ものには限度がある。堪忍袋の緒も切れようこともあるのじゃ」

部屋の隅の女官たちが、忍び泣きをしている。

静寂《せいじゃく》が流れ、帝は思い余ったように黙り込んでいたが、ややあってまた口を開いた。

「南雲の人柄を思えば、そなたも清き心の持ち主であろうと思うていた」

帝は伏せた俊平の顔を、うかがうように見た。

「どうやら、この判断、正しかったようじゃ」

「柳生俊平、命を賭《と》して所司代の増長を抑え、将軍吉宗に帝の御心をお伝え申し上げます」

俊平は、最後に深々と平伏した。

「これより後は、反幕府派の公家衆を説き伏せ、八咫烏を抑える努力をしよう。将軍家もまた京都所司代をよく抑え、朝廷を不当に弾圧《だんあつ》することなきよう願っておるぞ」

桜町帝は、真正面から俊平を見据え、きっぱりとした口調で言った。

「むろんのことでございます。将軍徳川吉宗は、幕閣と京都所司代をよく抑え、朝廷に圧力を加えぬよう申しております」

「幕府の無軌道な振る舞いを嘆く声を京の町にしばしば聞いておる。これがすぐにやむとは、とても思えぬが」

「お言葉、もっともと存じます。私も京に上り、町々の端で幕府がいかに朝廷に対し、理不尽《りふじん》な弾圧をかけてきたか、幾度も耳にしました。将軍には、そのことも伝えます。将軍も、放っておかれることはございませぬ」

「頼んだぞ。柳生。今もこの内裏内の動き、一人では抑えきれぬ。そなたが頼りじゃ」

「そのお言葉、肝に銘じ、粉骨砕身《ふんこつさいしん》努力することをお誓い申し上げます。八咫烏に会い、帝のお心を伝えたいと存じまする。よろしうございますか」

「むろんじゃ。頼んだぞ。柳生」

桜町帝は立ち上がり、俊平のところまで歩み寄ると、信じられないことにしっかりとその手を取った。

「よう申した。されば、大事な客人じゃ。内裏を上げてもてなそう。酒を持て。柳生と盃を重ねたい」

俊平は、その手の温《ぬく》もりを感じ、また深く平伏するのであった。

二

無事桜町天皇への拝謁を果たした俊平らは、三条《さんじょう》筋《すじ》南《みなみ》先斗町《ぽんとちょう》にある料理茶屋〈小吉《こきち》〉に出向いた。

京都所司代土岐丹後守《たんごのかみ》頼稔が、

――お蔭様で、大いに成果が上がりましたな。上様も、さぞやお喜びでござろう。

と、どこか皮肉な口ぶりでそう言い、俊平ら一行のために席を設けてくれたからである。

だがその宴に、当の頼稔は最後まで姿を見せず、所司代からはわずかに与力数人が同席しただけであった。

その与力らも、あまり俊平らに近づくことはせず、下座に寄り集まって仲間内で黙々と料理に箸を伸ばしている。

俊平らは、それを笑って眺めながら、京の美酒と料理に舌鼓《したつづみ》を打った。

「さすがに、京の物じゃの。いずれも、よい味加減。口当たりがよいわ」

俊平が、満足げに一同を見まわせば、

「しかし、いずれもちと薄味でございますぞ」

惣右衛門は、文句を言いながらも、箸を休めない。

「いやいや、これは美味──」

玄蔵も、料理を絶賛する。

めずらしく、伊茶もさなえも、料理に夢中になって言葉がない。

それを見て、所司代の与力が、恐る恐る俊平に近づいてきた。

「朝幕融和に力をお貸しいただけたと申しても、今後はまだまだ難問山積みでござる。ことに公家一味は手強うござるぞ。八咫烏一味も、本隊はそのまま残っておりますれば」

小づくりの額に、黒子《ほくろ》のある与力が言った。

「さよう。これは総力戦でござる。諸国には朝廷派の大名も多く」

ちょっと年嵩の与力が言葉を添える。

いずれも俊平らを、不安がらせて愉しんでいるようである。

「もとよりのことでございやしょう」

反発を露わにして、玄蔵が力を込めた。

「そちらも、これ以上の朝廷への圧力はご遠慮願いたい」

惣右衛門が、怒ったような口調で言った。

「我らは、なにもしておりませぬ」

揉み上げの長い与力が、口を尖らせた。

「まあよい。京都所司代は仕事にご熱心と聞く。一生懸命にやりすぎているのであろう」

俊平は、まあまあと与力たちの猪口に酒を注いだ。

「さて、私は明日にでも八咫烏のもとに向かい、これからは穏便に動くようにと伝えてこねばなるまい。桜町天皇より、お言葉もいただいている」

「殿。お一人では、いささか危険すぎましょう。我らもお供いたしまする」

惣右衛門が、心配顔で言った。

「いや、多人数で繰り出しては、かえって相手を刺激しよう。心のこもった話もできぬ。ここは、なるべく目立たぬように訪ね、話をしてくる」

「しかしながら、族長の八咫烏甚内《じんない》と申す者はともかく、隼人《はやと》なる者は、いたく乱暴者と聞いております。それに多数の配下を抱えておるようす」

酔いの回った揉み上げの長い与力が言った。

「お気をつけなされよ。部下の者とて、多くは乱暴者です」

黒子のある与力が、にやりと笑って言葉を添える。

「所司代の方々も、苦戦を強《し》いられておるのか」

惣右衛門が、怒気を含んだ問いを発した。

「日々、苦い思いをしております」

揉み上げの長い与力が、素直な口ぶりで言った。

「されば、彼らの居《きょ》をお教えいたそうか」

揉み上げの長い与力が、懐から京都近郊の大地図を取り出し、みなの前に広げてみせた。

「これは、われら与力が摑んだもので、じつは土岐殿もご存じない」

黒子のある与力が言った。

「そのようなものがあったか。それはありがたい」

俊平は意外そうに与力を見返し、地図の前に体を傾けた。

伊茶までが飛んできて、地図を覗き込む。

「よし、これで明日にでも出かけられる」

俊平がそう言うと、惣右衛門が心配そうに俊平の横顔を覗き込んだ。

その翌日、昼すぎに宿を出た俊平は、京の東、叡山《えいざん》山麓へと向かう。

京の街並みを抜け、八瀬《やせ》を過ぎると、鬱蒼《うっそう》たる比叡山麓の森が前方を遮る。

さらに、一刻ほど森を進むと、俊平は風の激しい荒野に出た。

丈《たけ》の低い灌木《かんぼく》が一面に繁っている。

頭上で大きな鳥が数羽、不気味な声で鳴いており、彼方に藁葺《わらぶ》き屋根の家が、数軒見えている。

（こんなところに、人が住んでいたか）

ちょっとした集落のようであった。馬の匂いがする。

「長閑《のどか》なものだな」

晴れ渡った空を見上げ、俊平がその集落に足を向けると、木陰からぬっと現れる者がある。

東海道は大井川の渡しで出会った八咫烏のはぐれ者彦四郎であった。

「おぬし、八咫烏を去ったのではなかったか」

「未練かもしれぬが、族長の甚内殿に挨拶に来た。だが、あらためて会《お》うても詮ないと思うようになり、会わずに峠を下りてきた。それよりも、柳生、なにをしに来た」

彦四郎が、冷ややかに言った。

「八咫烏の族長に会いたい」

「族長の甚内殿は、たしかにこの先の集落におるが、会ってどうする」

「先日、桜町帝に拝謁した。帝は、私に朝幕をこれ以上緊張させてはならぬと言うてくだされた」

「まことに拝謁したのか」

彦四郎が、驚いたように俊平を見た。

「朝幕はいま争いの渦中にあり、緊張が解けぬ。八咫烏の過激派一派が、それに加担しておるようだ。それで族長にお会いし、やめさせていただくようお願いする」

「族長には、荒ぶる急進派の男たちを止めるだけの力はない」

「ならば、誰か」

「はてな、今の八咫烏に穏健派などおらぬ」

「なに、甚内殿に代わる者は」

「隼人という男がおる」

「何者だ──」

「甚内殿の弟だ。今、一族の若者は、あらかた隼人のもとに多数集まっている」

「よし、その者と話をつけよう」

「隼人を口説《くど》き落とすことは難しかろうよ。その前に、八咫烏が、そなたにいっせいに襲いかかってくる。そなたの命は、無くなっていよう」

「争いたくはないが、争うこともやむを得まい。八咫烏の数は――」

「百人を越える」

「百人か――」

俊平は、苦笑いをして彦四郎を見返した。

「されば、まずは族長にご挨拶したい」

「近頃は、あまり人に会いたがらぬ」

俊平は、押し黙った。

彦四郎は笑った。

「まあよい。そこまで申すなら案内してやろう」

彦四郎は苦笑いをして、俊平を誘うように歩き出した。

草原を抜け、ふたたび森に入る。

さらに一町ほどすすむと、森の外《はず》れにぽつんと一軒の茅葺き屋根の屋形がある。質《しっ》素《そ》な造りだが、小大名の陣屋ほどの立派な規模の屋敷であった。

「私は、これで去る。後は八咫烏甚内殿とよろしくやってくれ」

彦四郎は、ひらりと背を向けた。

「待て。なぜおぬしは姿を消す」

「私は、この一党が大嫌いでな。それゆえ袂を分かった今は顔を見とうもない」

「そうか——」

俊平は、これ以上彦四郎を引き止めることは無理と悟って別れを告げ、屋敷の玄関に向かって歩みだした。

「申し——」

間口五間はあろうという大きな戸口に立ち、声をかけてみたが、なかから返事はない。

一歩踏み込んで土間に立ち、奥を見渡せば、長い廊下や幾部屋かが見えたが、人の気配はなかった。

(妙だな……)

屋形を迂回《うかい》して裏手に向かえば、朽《く》ちかけた木戸の大きな勝手口があり、こちらの土間を覗いて見たが、台所用具が埃をかぶっており、人の気配はここにもなかった。

「留守か——」

あきらめかけ、もう一度声をかけると、

「はて、どなたじゃな」

奥から、嗄《しゃが》れた老人の声がかすかに聞こえた。

人気《ひとけ》のない奥から姿を現したその人物は六十がらみの老人で、茶の半袖羽織を着けている。白髪混じりの総髪を、肩まで垂らしていた。

「八咫烏の族長殿はこちらか――」

「そうじゃが、そなたは……」

「私は、江戸からまいった者にて、柳生俊平と申す。桜町帝のお言葉を預かってまいった」

「族長八咫烏甚内は私だが……。ここを、どのようにしてお知りになった」

老人は怪訝そうに俊平をうかがった。

「彦四郎殿からお聞きしました。桜町帝が、八咫烏の方々に伝えてほしいと申されたため、まかり越したしだい」

「ふうむ。じゃが、柳生といえば将軍家剣術指南役。幕府の手の者に、帝が会われたとも思えぬが……」

「それがし、故あって上様より書状を託され帝にお会いした。上様の典礼復活の提案を帝は承諾《しょうだく》され、朝幕融和に動かれました」

「ほう、帝がの。それにしても、よう会えたものだの」

甚内はあらためてしげしげと俊平を見まわした。

「帝はそれがしに、これ以上の朝幕対立は、日の本を二つに割り、民が戦火に苦しむだけと申されました。帝のご意見はよく考えられたものでした」

「その言葉、嘘偽りはないか――」

甚内は、炯と光る目で俊平を見返した。

「まことにござる」

俊平がきっぱり言い切ると、甚内は目を細めて頷いた。

「されば、帝はこれ以上の幕府への刺激はやめよと申されたのじゃな」

「さようにございます。また将軍家も、それが大事と固く信じておられます」

「将軍家は、たしかに朝廷との融和を望んでおられるのだな」

「はい。そのために、私は急遽《きゆうきよ》京に派遣されました」

「それは私も同じ思いであった。じゃがな、残念なことに、もはや弟が八咫烏の族長も同然。私の力は及ばなくなっておる」

甚内が悲しそうに言った。

「弟御を、抑えることはできませぬのか」

俊平が、悲しげに甚内を見返した。

「難しい……」

「さようか」

あきらめて、戸口を小さく開け外のようすを見ると、騎馬隊が砂塵《さじん》を上げてこちらに向かってくる。

「帰ってきたようだ。どこかに隠れたほうがよろしい」

甚内が困惑して俊平に声をかけたが、

「いや、よいのです」

俊平は戸口を開き、外に飛び出した。

両手を広げ隼人とその一隊を待ち構える。

「隼人殿だな。柳生俊平だ。ぜひ話がしたい」

俊平は馬上の精悍《せいかん》そうな男に言った。

「柳生といえば将軍吉宗の手先ではないか。話し合う余地はない」

気の荒い馬の手綱《たづな》を強く引きつけ、首をたたいて手なずけながら隼人が言った。

「ちょうどよい。将軍の使者であるお前を血祭に上げよう。だが、おまえ一人、我らの力で一気に押し潰すことはいとも容易いが、それでは潔《いさぎよ》うない。一対一の対決で相手を倒すのが我ら八咫烏の流儀《りゅうぎ》。よいな」

「やめよ、隼人。無駄な争いだ」

八咫烏甚内が、手を広げ隼人を見上げた。

「問答無用――ッ！」

言い放つや、隼人は拍車《はくしゃ》を蹴って駒をすすめ、三間を置いて俊平の周りを旋回しはじめた。

一定の拍子をつくり、馬上から身を乗り出すようにして激しく俊平に剣を撃ちつけてくる。それを俊平は、左右に飛び、躱し、あるいは弾《はじ》き返した。

俊平はまだ余裕があった。不敵に笑っている。

「ええい、小癪な！」

苛立った隼人は素早く剣を納め、今度は腰の鞭を取って俊平に放った。

獣の皮を編んだ長大な鞭で、生き物のようによくしなう。

俊平が、それをまた飛んで避ける。だが、次の一撃を逃げきれず大刀で受けた。

鞭が俊平の剣に絡み付き、俊平の体がずるずると引き寄せられていった。

気が付けば、隼人との距離が二間にまで近づいている。

と、いきなり鞭が緩《ゆる》まり、剣が解き放たれると、隼人が馬上で体勢を沈め、ふたたび俊平に迫った。

俊平は大刀を落としていた。

今度は、上段からの鋭い撃ち下ろしである。

俊平は、それをやむを得ず小刀で受け止めた。

「さすがに、剣術指南役だけのことはある、なかなかに手強いの」

白い歯を剝き出しにして、隼人が言う。

俊平は、隼人の前に大の字に立ちはだかった。

馬を降り立った隼人が、剣を上段に取って俊平に迫った。

「もうよい。私の話を聞け」

「そのような耳、持たぬわ」

隼人は、急接近すると、その鋭利《えいり》な剣刃《けんじん》で俊平の頭部を狙い、胴を払い、脚を抜く。

そのたび俊平は、小刀で弾き返し、一間、二間と飛び退いた。

「ええい、小癪な奴め！」

隼人は、俊平を追って接近した。

俊平は数合《ごう》刃を合わせ、ふたたび飛び退く。

隼人がさらに追って上段から撃ち下ろすと、俊平はその一撃を躱して身を転じ、隼人の肩をぴしゃりと打った。

峰打《みねう》ちである。

隼人が痛みを堪《こら》えて崩れ込む。

「おのれッ！」

膝を地につけたまま、憎々しげに俊平を見上げた。

「もうよかろう。隼人！」

族長八咫烏甚内が隼人にそう言うと、二人を取り巻く八咫烏の男たちを見まわした。

「おぬしら、一度だけ将軍吉宗の話を聞いてみようではないか。それから動いてもまだ間に合う」

甚内が一同を見まわせば、男たちが渋々頷いた。

「お聞きのとおりじゃ。我ら、一度だけそなたに耳を貸す。将軍の話を聞かせてくれ」

甚内が、大刀を拾い上げて俊平に近づいて腕を取った。

「すまぬな。さればまず、将軍のお言葉をみなに伝えよう」

俊平が、笑みを浮かべて族長を見返した。

「こたびの朝幕対立は、多くの誤解から生まれたもの。帝はまず将軍の話を聞けと申され、上様は、所司代に自重を促し、朝廷に対し誠意を持ち接するよう命じられた。幕府が、朝廷に典礼の数々を復活させることを約束したのだ」

「まさか！」

男たちが騒《ざわ》めいた。

「私は、その言葉を待ち望んでいた」

甚内が、満足げに頷いた。

「嘘ではないと信じたい。だが、それが嘘であれば、我ら、すぐにも倒幕の狼煙を上げるぞ」

八咫烏の甚内が、俊平にきっぱりと言った。

「よろしかろう。これより急ぎ江戸にもどり、桜町帝と族長のお言葉を、上様にお伝えすることといたす」

俊平は族長に向かって頷くと、族長甚内は両手を広げて翻り、

「みなの者、よいな」

と、男たちに呼びかけた。

俊平も振り返り隼人の手を握ろうとしたが、隼人はそれを拒《こば》み、立ち上がると強風のなか、一人去っていくのであった。

三

「まこと、ようやってくれたな、俊平。私の考えは今も変わりない。朝廷の典礼の儀はすべて元に戻す。これで、乱は抑えられるぞ」

将軍御座の間で俊平の到来を待ちうけていた将軍吉宗は、笑顔で入室してきた俊平を待ちきれぬように立ち上がり、その両腕を取って喜んだ。

「ひとまずはうまく収まりました。しかしながら、まだ難題が残ってございます――」

吉宗の笑みを受け止めながら、俊平はわずかに顔を曇らせ、

――まあ、まあ。落ち着いて。

と、言わんばかりに頭を振ってみせた。

「はて。残った問題とはなんじゃ」

吉宗は、怪訝そうに俊平を見返した。

「帝の周辺の者らでございます。京都所司代もいまだなにか考えているようす。後ろで操《あやつ》る幕閣からの指示に従い、上様のお声には耳を貸さぬげにございます」

「それは、確かか――？」

「別れの挨拶に所司代を訪ねました折に、土岐丹後守以下にそのような印象を持ちました」

「小癪な奴らよ。もう引っ込んでおれと、書状を書くとしよう。朝廷に対し、不要に挑戦的な態度を取れば、次は罷免《ひめん》も辞さぬと伝えることといたす」

　吉宗は、怒りを露わに拳を握りしめた。

「土岐殿は、たしかに増長しておられまするな。それくらいの脅しも、時に必要かと存じまする」

　俊平は、にやりと笑って吉宗を見上げた。

「しかし幕閣の指示は、なぜそれほど強行なのであろうか」

「その幕閣の方々でございますが、松平乗邑様、本多忠良様には、どのように処置をなされまするか」

「むろん、両名にも京都所司代には新たな指示は出すなと強く申し渡しておく。余は両者の罷免も辞さぬ覚悟《そがい》じゃ」

「朝廷方にも、和平を阻害する者も多く、徳大寺家、久我家、烏丸家などが御用学者を集めて朝廷優位の理論武装をしております」

「むろん、それらの者には、今後もよく注意を払っていくよりあるまい。願わくば、桜町天皇がいま少しはっきりと申されれば、近習どもに操られることはなかったであろうに」

吉宗は、無念そうに拳を握りしめた。

「それを申されても致し方ありますまい。ただ、若手の公家衆が過激化しておりますのには、摂関家の関白、三大臣の力が衰えておることもあると存じます」

これは、朝廷内の力関係を知った俊平の憂慮である。

吉宗は、小さく頷いた。

「ま、いずれにいたしましても、長い交渉となりましょう。気長に行くよりござりませぬ」

「そうじゃの」

吉宗は苦笑いをして、俊平に着座を勧めた。

ゆるりと腰を下ろせば、小姓数人が茶と菓子を運んでくる。

「疲れも溜まっておろう。膝を崩せ」

「お言葉に甘えて」

一間《けん》をへだてて座れば、吉宗の脇に将棋盤が置いてある。

「それにしても、そなた、ちと痩《や》せたな」

吉宗が、言って俊平の面を見つめた。

「いささか――」

「こたびの旅は、さぞや辛いものであったろう。余も玄蔵からの報せを聞き、そなたら夫婦を案じておった。尾張では、しばらく時を要したということじゃの」

「伊茶を捕らわれましてござりますれば」

俊平は言って顔を伏せた。

「うむ。玄蔵の報せで知った。難渋したの」

「なんの、それくらいのこと覚悟のうちでございました。伊茶もけっしてめげてはおりませぬ」

「そうか。それで、余の書状は、桜町帝にしっかり届いたのじゃな」

「帝は上様の書状に感じ入っておられました」

「それはよかった。ひとまず危機は去った。話はそれるが、昨日、尾張の宗春殿から書状が届いての。尾張藩では意見が分かれ、困っておる、と率直に申しておった。なんでも、正直に語ってくれるのは嬉しいことよの」

「彼《か》の藩では、今も多数の朝廷信奉者がおり、もし、これから徒党《ととう》を組むようなことになれば、争いの機運は広がろうと、我が剣の師が心配しておりました」

俊平は、飾ることなく尾張藩の現状を伝えた。

「なんとしても、それは食い止めねばならぬ」

吉宗はそう言って、憂い顔で俊平を見つめた。

「余も、もうひと働きせねばならぬようじゃな。書状なら、何度でもしたためる。俊平、そなたをこれからも頼りとしておるぞ」

吉宗はそう言ってから、

「しばらくそちとは対局ができなかった。今日は心ゆくまで愉《たの》しみたい」

大切なことを思い出したかのように手を打って、吉宗は誘いかけるような眼差しで俊平を見た。

「はい、お相手つかまつります。この茶、なかなかに美味うございます」

俊平は差し出された茶を、吉宗とともにゆったりと飲み干して言った。

「駿府の城代板倉勝淳が送ってくれた新茶じゃ。俊平、東海道の旅はいかがであったな」

吉宗は、俊平の朝廷報告にひと安堵し、話題を変えた。

「あいにくながら、こたびは旅を愉しむまでのゆとりは、さすがにございませんでした――」

「まあ、そうであろうな。じゃが、旅をつづけておれば、目に入るものもあろう」

吉宗は、よほど興味津々らしく、容易に引き退がりそうもない。

「たしかに各地に見どころはあり、愉しむこともござりましたな」

俊平は、吉宗の関心に合わせ、笑って話を受けた。

「それはよかったの。余の旅は、いつも駕籠のなかじゃ」

吉宗は俊平にはいつでも飾らず愚痴を洩らす。また出たか、と俊平は微笑む。

「上様は天下の将軍職でござります。それは、致し方ありませぬ」

「美味なるものも、さぞや多かったであろう」

「それはむろんのこと、三島《みしま》の鰻、駿府の安倍川餅、尾張名古屋は味噌田楽、と各地の美味なるものを食しました」

「うむ。なんとも羨《うらや》ましい」

吉宗は吐息を洩らし、さらに上体を俊平に傾けた。

将軍の食事は、意外に倹《つま》しいものという。一汁三菜《いちじゅうさんさい》が基本で、おまけに毒味役がじっくりと吟味するので、冷めた料理ばかりらしい。

「いずれが、いちばん美味であった」

「それは、なんとも申しかねまするが、やはり京のものは、なにを食しましても品《ひん》よく、味わい絶妙《ぜつみよう》にて、堪能《たんのう》いたしました」

「やはり、京は味覚において江戸にまさるか」

吉宗は、京に思いをはせているようすである。

「いちがいには申せませぬが、やはり京の味覚は一段と優れておりまする」

「ほう」

「関東のものよりは、やや薄味でございますな。出汁《だし》の加減にさまざまの工夫があるように思われます」

俊平は、そう言い切った。

「ふうむ。それが伝統というものじゃな。朝廷も、そのような京の伝統の上に立っておられるということじゃな」

吉宗は、そう言って笑った。

「それが、武力では及ばぬ文化の力というものかもしれませせぬ」

「そうじゃ、そうじゃ」

吉宗は、笑って駒を並べはじめた。

「されば――」

盤面に駒が整えられはじめると、小姓頭が膝を屈して吉宗に近づき、幕閣の来訪を告げた。

向こう正面の襖が開き、腰を屈めて入室してきたのは寺社奉行の大岡忠相であった。腰を手で支えているのは、腰痛があるかららしい。

「おお、忠相。ようまいった」

吉宗が、手招きすると、小姓が腰を痛めている忠相のために座布団を用意する。

俊平の京の報告を忠相にも聞かせようと呼んだらしい。

「かつてのように、つねに上様のお側にはべりとうはござりますが、寺社奉行ではご報告することもさしてなく、この願いは残念ながら叶いませぬ」

忠相は苦笑いしてそう言うと、俊平を振り返り、

「柳生殿、ようお帰りになられた。こたびの内裏での拝謁、大成功であったそうな」

と言って一礼した。

「まだまだわかりませぬが、桜町帝のご尊顔《そんがん》を拝し、上様よりの書状をお渡しすることが叶いました」

「それは、上々――」

忠相が、満足げに頷いた。

「忠相――」

「はい」

「熊野神社周辺の家々に、火を付けて回っておるという悪党一味の動きはその後どうじゃ」

吉宗が、厳しい口調で訊ねた。

「八咫烏の一党でござりまする。まことに手強き者らにて、我ら寺社方も、ほとほと手を焼いておりましたが、幸いこの十日ばかり、一党の動きはぴたりと止まっております」

「それはよい。帝の叱咤が届いたか。今後も、大人しくしていてほしいものじゃ」

将軍吉宗が、ふっと安堵の吐息を洩らした。

「京に隠棲《いんせい》する八咫烏一党にも、帝よりの謹慎《きんしん》の言葉を伝えておきました」

俊平が忠相に告げた。

「うむ。そ奴らの里に軍勢を差し向け、取り押さえることは容易いが、そのようなことをすれば、火に油を注ぐ結果となろう」

吉宗が言った。

「さようにござりますな。朝廷の歴史とともにある八咫烏に、厳しき措置《そち》をこうずれば、朝廷側はいっそう硬化するやもしれませぬ」

俊平が、吉宗をなだめるようにやんわりと言葉を添えた。

吉宗は、それはわかっておる、とばかりに頷いた。

「して、上様。幕府内の強硬派に対しては、どのような対応をなされますするか。このたびの朝幕の対立の黒幕は、こう言うては言い過ぎかもしれませぬが、その方々のようにも思われます」

俊平の隣に座した大岡忠相が、身を乗り出してずばりと言ってのけた。

「うむ。そのこと、俊平とも話していたが、京都所司代と連携し、つぎつぎに強攻策を打ち出してまいったのは、老中の松平乗邑と本多忠良の二人と思われる。じゃが、罷免は控えたい。両者とも役に立つ有能な人材じゃ。余から、ひとまず朝廷を追い込むようなことのなきよう、釘を刺しておいたが、生《なま》ぬるいか」

「いえ、幕府のためを思いますれば、致し方ございませぬ」

俊平が大岡と顔を見合わせ、頷いた。

「あの方々も、幕府大事の思いから、朝廷方に強く出たのでございましょうが、それがかえって逆効果となりました」

忠相が、さらに老中への不満を口にすると、その言葉に吉宗が苦笑いして頷いた。

「今日は、そちたちと幕閣の裏表についてじっくり語り合うことにしよう」

「さようでございますな。甘い顔ばかりはしておられませぬぞ」

「う、うむ」

これは手厳しいと吉宗は首を撫でた。

「ところで、京の桜町帝より内々に余に贈り物が届いておってな」

「はて、それは――？」

俊平が、忠相と意外そうに顔を見合わせた。

「清水焼《きよみずやき》の茶器一式と京の見事な扇《おうぎ》であった。それに、京の上菓子と宇治《うじ》の茶じゃ。こちらからは、阿蘭陀《オランダ》渡りの大型の望遠鏡を返礼にすることとした。また、なにかと物入りであろうと、千両ほどを贈ることに決めた」

「それは上々。その望遠鏡で、しばし天の星々を眺めれば、朝幕の小さな対立など、忘れ去ることができましょう」

忠相が笑って頷いた。

「そうじゃの」

吉宗も笑って頷いた。

「さて、茶は駿府の茶をやめて、宇治の物といたそう。それから菓子じゃ」

吉宗が小姓に命じて、新しい茶を淹れさせ、贈られた京菓子を用意させた。

やがて、小姓たちによって供された茶と菓子に、俊平と忠相がこれは美味と吉宗同様黙々と食べはじめた。

それを見て、小姓どもは顔を伏せて笑っている。


それから三日ほど経った日の夕刻、旅の疲れも癒えて、江戸の暮らしにもどった柳生俊平は、四千石の加増《かぞう》を受けて大名となっている大岡忠相の外桜田《そとさくらだ》の上屋敷に向かっていた。

江戸城で忠相とは話したばかりだが、まだまだ語り尽くしていない。

むろん忠相は大名に列せられて満足するだけの男ではなく、八咫烏と幕閣の動きに細心の注意を払い、まだまだ幕府のために警戒を解いてはいなかった。

木挽町の藩邸から、内堀を迂回して足を外桜田に向けた時、俊平は背後から追ってくる気配に気付いた。

その影が、背後で夕闇に浮かぶ左右の屋敷の間で揺れる。

数えれば、三人ほどが潜《ひそ》んでいるのがわかった。

数は少ないが、それぞれの殺気は異様なほど鋭い。

八咫烏のなかでも、精鋭《せいえい》ばかりが選ばれてきたのはまちがいなかった。

(性懲《しょうこ》りもない……)

俊平は苛立っていた。

風が出ている——。

前方、材木店の屋根に人影が蠢いているのが見えた。しだいに辺りは暮れ落ちて細い三日月があるのみで、その月の光だけでその姿をうかがうことは難しかった。

「柳生俊平か——」

夜陰に轟き渡る声が突如、背後でした。

「現れたか。八咫烏——」

「さすが柳生よ。わかったか」

「争いの姿勢を改めよ。幕府と朝廷は、すでに和解をしている」

俊平が、立ち止まり言った。

殺気が交錯する。

「我らは、幕府に騙《だま》されぬぞ。朝廷と幕府は、もとより水と油。いずれかが生き残り、いずれかが潰《つい》える。これは、存亡《そんぼう》の戦いなのだ」

別の男が言い放つ。

「幕府と朝廷は併存《へいぞん》できる。鎌倉と室町《むろまち》の世も併存してきた」

「だが、江戸幕府は、朝廷の存在を許さぬようだ。朝廷をぎりぎりまで追い詰めている」

「それは、思いちがいだ」

「騙されぬ」

「うぬら、隼人の仲間の跳ね返りだな」

「隼人は、お前に敗れてから、腰抜けに成り果てた。今は、我らが三人、八咫烏を率いている」

「ほう」

「そして、おまえのその首を持ち帰るのが、我らの仕事となる」

別のやや高い声の男が言った。

「さすれば大いに士気も上がろうというものよ、のう」

もう一人が、得意気に別の男に語りかけた。

気配が動く。

男たちが地上に降り立ち、急速に俊平に接近してくるのがわかった。

一瞬の静寂があって、ほとんど同時に三方から俊平に向けて剣刃がいっせいに撃ち込まれた。

俊平はひらひらと舞ってそれを避け、弾き返す。

闇のなか、撃ち合う刃が眩く火花を散らす。

あらためて八咫烏は闇のなか、すこぶる強いのが知れた。俊平は、刃を弾き返すのがやっとであった。

この深い闇では間合いが読み切れない。

と、いきなり俊平の肩に痛みが走った。

斜め右後方から、斬りつけられている。

幸い傷は浅そうであった。

「いかん……!」

闇夜の斬り合いは、明らかに夜目《よめ》に強い相手に分《ぶ》がある。

俊平は駆けた。

表通りに飛び出し、追ってくる三人の姿をその目にしっかりと捉えた。

枯れ草色の忍び装束を着けている。たびたび刃を交えたことのある八咫烏一党の男たちであることがわかった。

俊平は用水桶《おけ》の陰に立ち、心を落ち着けてじっと待った。

姿が見えれば、もはや剣で後れをとることはない。

「こんなところに隠れていたぞ。将軍家剣術指南役とは、この程度のものか」

男の一人が嘲笑《あざわら》った。

追ってきた男たちが、俊平の姿に気付き一斉に取り囲む。

男が踏み出し、間境《まざかい》を越えて斬りかかった。

気配を捉えた俊平は男の一撃をなんなく躱し、上段から大刀を一閃した。

擦れちがいざまの袈裟懸《けさが》けである。

「一人――」

次に入れ替わって前に立った二人目の男の一撃を、斜め前に飛んで反転し、ひと太刀浴びせた。

「残る一人は――」

そこまで言って、もはや俊平は戦いに興味を失ってしまっていた。

しょせん無駄な戦いである。

「やめよ。争いは無用」

俊平は夜陰に向かって呟いた。

「やめぬッ！」

残った男の一撃が、空《くう》を唸らせた。

俊平は体勢を沈めて躱し、今度は振り返って男の胴をたたいた。

男の姿が闇に崩れ果てる。

「だから、言ったであろう」

俊平が、怒ったように言った。

崩れた三人の男たちは、いずれも苦しげに呻いている。

だが、いずれも峰打ちである。

「命に別状はない。だが、次は容赦はせぬ。その勇気がある男は立ち上がれ。斬って捨てる」

だが誰も立ち上がらなかった。

俊平は、振り向くこともせず、そのまま走った。

四

「柳生先生から見て、天子様というお方は、どんなお方でいらっしゃいましたか。あっしら、どうも、天子様のお姿が見えてこねえんで」

　団十郎が、自慢の銀煙管を片手に、俊平の隣にどかりと座り込んだ。

「かもしれぬな。江戸では天子様は雲の上のお人のように思われている」

「へい」

　団十郎は銀煙管を握ったまま俊平の返事を待っている。

「まあ、簡単には言えないが、ご自分のお立場を理解し、よく下々《しもじも》のことに気を配られるお方だよ。朝幕の対立から、庶民が天下の争乱の渦に巻き込まれねばよいがと心配なされていた。それが、こたびの融和の決め手となった」

「なあるほど、おやさしいお方だ。ただ、そのようなお方が帝としていらっしゃるのに、なんでここまで朝幕の対立が深まったんでしょうね」

「そこだよ。じつは、朝廷側には急進派がおってな」

「八咫烏の他にも、ですかい？」

「そうだよ。大勢いるお公家様だ。幕府を倒して、古《いにしえ》の建武《けんむ》の中興《ちゆうこう》のような朝廷中心の政を画策する者も多い。妙な論客も多数育っている」

「へえ、そんなことを言ったって、歴史を辿《たど》ってみりゃ、朝廷の方々は、お公家様が政を行っても、うまくいかないってことがわかっていねえんですかい。建武の中興で、いちど失敗している」

「大御所、歴史も詳しいな。だが、次は上手《うま》くいくと考えたいのだろう。懲《こ》りない人たちさ。まったく、始末が悪い」

俊平は、苦笑いして団十郎を見返した。

「お公家様方、それはちょっと甘い算段じゃありませんかね」

「まったくだ。だが、公家は世間を知らぬお坊っちゃま育ちでね。ところで、大御所。たまには私の奢りで、〈泉屋《いずみや》〉でパッとやらないかい」

俊平が、大御所の肩をポンとたたいた。

「ええっ、柳生先生の奢りでございますか」

大御所団十郎が意外そうに俊平を見返した。

「いかんかね。所領《しょりょう》一万石の貧乏大名に、芝居茶屋を貸し切るなんてことできるはずもないかい」

俊平が、どこかすねた口調で団十郎に問いかけた。

「あ、いやあ、そういうわけじゃねえんですがね」

団十郎が、俊平をうかがってニヤニヤしながら頭を掻いた。

「そりゃあ、こんな金の使い方をしては、たしかに領民《りょうみん》には申し訳ないが、私だって生身《なまみ》の人間だ。たまには、パッとやりたいこともある」

「柳生様。よっぽど、お疲れなすっていらっしゃるんですねえ。緊張が、まだ抜けねえようだ」

団十郎が、同情するように俊平を見やった。

「こたびばかりはな……」

俊平は、苦笑いして後ろ首を撫でると、

「みなも、来てくれるかな」

と、若い役者たちに呼びかけた。

部屋に詰めていた若い役者がわっと沸いた。

「そりゃ、柳生先生のお誘いを断るなんて、とてもじゃないがもったいなくて、できやしませんや」

一座の玉十郎が、百蔵《ひゃくぞう》が、手を打って歓迎する。

「柳生先生は、こちらでございましょうか」

と、廊下で声が上がった。

売り出し中の若手役者に案内され、座頭《がしら》の大部屋の扉を開けて入ってくる者がある。

「なんだ、玄蔵ではないか」

「やはり、こちらで。じつは、お屋敷にうかがいますと、中村座にいらっしゃるというお話なので、上がらせていただきました」

玄蔵も慣れたもので、若手役者を見まわし手を上げ笑いかける。

「じつはでございますね。今日、お城の庭で上様にお話をうかがったのでございますが、その折、上様からみなで飲んでほしい、と金子を預かってまいりました」

「なに、上様から金子を！」

俊平は、思わず団十郎と顔を見合わせた。

「それは、どういうことだ」

「上様も、今度の朝幕和解をよほど嬉しく思っておいでなのでございますね。それに御前のお疲れもよくご存じのようで。これで疲れを癒してくれと。こたびの御前の功績が、それだけ大きかったってことでございましょう」

「そりゃ、そうでございます。柳生さまは、天下大乱への朝幕対立を回避《かいひ》させてくださったのですから――」

団十郎が、みなの同意を得ようと役者たちを見まわして言えば、

「そのとおりよ。ここは、ありがたく頂戴して、将軍持ちで飲み会といきましょう」

戯作者《げさくしゃ》の宮崎翁が、にこにこしながら俊平の肩に手を乗せた。

「豪気だね。大樹《たいじゅ》様の奢りだ。大船に乗った気でいきましょう」

「そうでしょう。上様の奢りなら安心で。肩の力も抜けるってもんでさあ」

大御所団十郎が言えば、

「影のお役目は、上様の評価が大切でございます」

玄蔵が笑って応えた。

「されば——」

みなと誘い合わせ、売り出し中の役者十余名が、一団となって同じ通りの芝居茶屋〈泉屋〉まで繰り出せば、さっそく二階の大広間に案内され、店の奇麗どころが三味線や太鼓を片手に続々と部屋に入ってくる。

「おお、これは豪勢だな」

俊平が、部屋に入って目を輝かせた。

「なにせ、天下様お墨付きの宴ですからね」

「柳生様、体《からだ》が緊張で凝り固まって抜けねえ時は、羽目《はめ》をはずしてドンチャン騒ぎに興じるにかぎりますよ」

団十郎が、俊平の腕を摑んで言う。

「いつも日々緊張の連続の市川団十郎が言うのだから、まちがいないの。それなら、ともに働いた惣右衛門や慎吾、伊茶も呼んでやらねばならぬな」

俊平が、思い出したように言えば、

「あっしがひと走りして、みなさんを呼んでまいりましょう」

玉十郎が手を打って立ち上がるや、俊平の同意も聞かぬうちに勢いよく部屋を飛び出していった。

「あいにく芝居小屋の楽屋は女人禁制。日頃伊茶さまは、楽屋にはお越しいただけねえのを、あっしらもすまねえと思っておりやした。今日はそのぶん、たっぷり愉しんでいただきましょう」

団十郎がそう言えば一座の者も、

「ぜひにも」

「上席に、お招きしなくちゃ」

と口々に答える。

芸者の円熟した芸を見ながら、おもむろに燗酒をやっていると、部屋の襖が開いて、くだんの惣右衛門、伊茶、慎吾が顔を出した。みな、満面の笑みである。

「おお、伊茶も、ようまいったの」

俊平が、さっそく三人のために席を用意し、座らせた。

「ところで、伊茶さま」

団十郎が、伊茶の顔をうかがうように見て訊ねた。

「団十郎さま、なんでございましょう」

「八咫烏の一味に捕らえられたとお聞きしました。手荒な仕打ちをお受けではないかと心配しておりました」

「なに、これこのように体は鍛えております。それに、流石《さすが》に天子様の護り人を自負する者ら。さして手荒なことはいたしませんでした」

「それは、予想外のことでございますな」

伊茶が、どこまでも穏やかな口調で語るので、団十郎はふっと胸を撫で下ろした。

「江戸の火付けも、あの者らにとっては大義名分があったのでしょう。むろん、けっして許されることではございませんが」

伊茶が、むしろ八咫烏に同情して言う。

「あれは戦国時代さながら、城攻めの手段を真似て火を放ったのであろうか」

俊平が、思いを巡らせて言った。

「なるほど、ありゃあ、戦術ですかい」

団十郎が感心した。

「まこと、天下分け目の大戦《おおいくさ》になるところであったのでございますな」

惣右衛門が、しみじみとした口調で言葉を添えた。

「伊茶さま――?」

玉十郎が、伊茶のすぐ脇にきて、その小振りの猪口に酒を注いだ。

「なんでございますか、玉十郎さん」

「天子様って、どんなお方でございました」

「病弱なお体ではございましたが、落ち着いた穏やかなご性格で、民のことを第一にお考えになるお方のようでした。けっして決起を煽られるようなことはなく、静かにお考えになるお方だと思います。だからこそ、事を穏便にお運びになられる決意を固められたのでしょう」

「まあ、そのようなお方でよろしゅうございましたね」

宮崎翁が、にこにこしながら口を挟む。

「それでは、なかなか骨のあるお方だとおっしゃるんで」

団十郎が訊いた。

「私は、なかなかの人物と見たよ」

俊平が、大きく頷いた。

「だが、それだけのお方ではない。なかなかに賢明なお方でもある。直々《ちゃくちゃく》と朝廷の権威の回復をはかっておられる」

と、二階大広間の襖が開いて、めずらしい人物の顔がなかを覗いた。大岡忠相と、配下で同心の笠原弥九郎である。

「おお、大岡殿か」

「突然押しかけまして、ご無礼をいたす」

忠相が親しげに微笑みかけた。

「それにしても、なぜ、ここがおわかりになったのだ」

俊平が、意外そうに忠相に訊ねた。

「私は閑職《かんしょく》の寺社奉行にて、隠居も同然の身。そのような立場だから、近頃はふらふらと町を彷徨《さまよ》い歩いておりまする。本日は柳生殿と一献傾けようと、笠原弥九郎をふらやって藩邸を訪ねさせたところ、中村座に向かわれたと聞いた。そこで芝居小屋から、この店に辿り着いたというわけじゃ」

堅物《かたぶつ》のはずの忠相が、愛想よく団十郎と若手役者に手を上げて挨拶する。

「これは、ちと邪魔であったかな……」

呆気にとられる役者たちを見まわし、忠相がちょっと首をすくめてみせた。

「なんの、そのように身の軽く、世慣れた大岡殿なら、みな大歓迎でございますよ」

俊平が、にやにやと笑って言う。

「それにしても、顔ぶれが揃っておりまするの。伊茶殿までこちらに」

めずらしく小袖に袴姿の男装の伊茶を見つけて、忠相が微笑んだ。

「大岡様には、まことにお久しぶりでございます」

「あいや、上様より伊茶殿がご難に遭われたと聞き、心配しておりました」

「なんの。日頃鍛えた武術の賜物《たまもの》。これくらいのこと、試練とも申せません」

伊茶が逞《たくま》しい口調で言えば、

「さすが今様《いまよう》巴御前《ともえごぜん》の伊茶殿でございます」

今度は、ベコの笠原が伊茶を褒めそやした。

首を前に突き出し、奥州《おうしゅう》の素朴な玩具のような挙動《きょどう》をみせる男で、三枚目の笠原が言えば、役者たちも、面白い人物が現れたと目を奪われているようであった。

大岡が俊平の横に座せば、女たちがすかさず酒器を向ける。

「このようにゆったり酒を愉しむ大岡様も、またようございますな」

団十郎が、めずらしく忠相を褒めそやした。

現職の町奉行であった大岡には、煙たい顔を隠さなかった団十郎だが、時は移ろい、応対も変わったようだ。

「煙たがられていたが、ようやくお仲間の端に加えていただけたようだの」

大岡忠相は、にやりと笑って団十郎を見返した。

団十郎も、にもにも笑っている。

「大岡殿。その後、朝廷側の動きはいかが」

俊平が、真顔にもどって忠相に訊ねた。

「江戸の地を荒らしまわっていた一党の動きが、ぴたりと止まったそうじゃ。京都所司代から上様のもとに届いた報せでも、京での朝廷方の集まりも行われなくなったとのこと……それはよいのだが、まだまだわからぬと思う」

忠相が、ふと考えて眉を曇らせた。

「と、申されると？」

俊平が、厳しい表情の忠相の顔をうかがった。

「江戸でも、いまだに幕府体制を批判する集まりが行われており、その数はむしろ増加していると聞く」

「まことでござるか」

「太平の世がつづき、武力による統治が必要のない時代が進めば、あるいは新たな政の形が模索《もさく》されてくるかもしれぬと思う」

忠相が、大きな吐息とともに言った。

「とはいえ、それが天子様の親政では――」

俊平が、穏やかに首を振った。

「おそらく、天子様では民を抑えることはできまいよ」

忠相が、きっぱりとした口調で言った。

「だが、一度失敗してみねば、あの方々にはわからぬことだ」

俊平は眉を顰めてそう言うと、盃を置いて忠相を見返した。

「とまれ、こたびの騒ぎが収まったとしても、幕府と朝廷の対立はいずれ息を吹き返そう。その時は、あるいは幕府が倒れることになるかもしれぬ」

忠相が、はっきりとした口調で言った。

「そいつは、いけねえな」

話を聞いていた団十郎が、声を荒らげた。

「あっしは江戸っ子だ。どこまでも将軍様の味方さ。幕府を守るため、だんびらだって握って戦うさ」

若手の役者らが、意外な顔で団十郎を見返した。

「いくら芝居は贅沢だと、押さえつけられたってね」

団十郎が念を押した。

「だが、それだけは最後の手段だよ。とにかく、日の本が幕府と朝廷に分かれて争うのだけはやめにしないと。泣くのは庶民だ」

戯作者の宮崎翁が言う。

「まったく、江戸の町民には迷惑だよな。京大坂の民だって同じだろうよ」

俊平が、念を押すように言った。

「まあ、朝幕が争うったって、ずっと先の話でしょう。ここしばらくは、将軍家は上手に治めている。それを、まずはよしとしなくちゃね」

玉十郎が、みなを見まわして言った。

「大丈夫ですよ。玉十郎さん」

伊茶が、腕を摑んで強く頷いた。

「それじゃ、ひとまず一件落着。三本〆《じめ》といたしやしょう」

団十郎が、一同を見まわして言った。

みなが猪口を掲げ、俊平と団十郎、忠相を眩しそうに見つめた。

「それじゃあ、お手を拝借！」

「ようッ！」

「ようッ！」

男たちが、一斉に声を張り上げた。

「ようッ！」

伊茶が、やや遅れて声を高めた。

紅一点の伊茶の音頭で、芸者衆も手を休め、にこやかに男たちからの盃を受ける。

「京の天子様にも！」

その夜は歓喜の叫びが部屋中にこだまし、夜が更けるまで〈泉屋〉の二階は歓声がやまなかった。

八咫烏《やたがらす》の罠《わな》 剣客大名《けんかくだいみょう》 柳生俊平《やぎゅうとしひら》19

二〇二二年 七 月二十五日 初版発行

著者 麻倉一矢《あさくらかずや》

発行所 株式会社 二見書房
〒一〇一-八四〇五
東京都千代田区神田三崎町二-一八-一一
電話 〇三-三五一五-二三一一 [営業]
〇三-三五一五-二三一三 [編集]
振替 〇〇一七〇-四-二六三九

印刷 株式会社 堀内印刷所
製本 株式会社 村上製本所

時代小説
二見時代小説文庫

 ISBN978-4-576-21208-1
https://www.futami.co.jp/